やはり俺の
青春ラブコメは
まちがってい
アンソロジー4

My youth romantic com
wrong as I expected.
Anthology4 allstars

オールスターズ

ぽんかん⑧
Ponkan

エナミカツミ
Katsumi Enami

えれっと
Eretto

ななせめるち
Meruchi Nanase

Illustrator's Profile

ぽんかん⑧／担当作に『やはり俺の青春ラブコメはまちがっている。』シリーズ（ガガガ文庫）ほか、『SHIROBAKO』のキャラクター原案などがある（口絵p1）

エナミカツミ／担当作に『バッカーノ!』シリーズ（電撃文庫）、『異世界食堂』シリーズ（ヒーロー文庫）などがある（口絵p2-3、挿絵p17）

えれっと／担当作に『始まらない終末戦争と終わってる私らの青春活劇』シリーズ（ダッシュエックス文庫）、『ぼくたちのリメイク』シリーズ（MF文庫J）などがある（口絵p4-5）

ななせめるち／担当作に『人生』シリーズ（ガガガ文庫）、『ちょっぴり年上でも彼女にしてくれますか?』シリーズ（GA文庫）などがある（口絵p6-7、挿絵p127）

Ukami

うかみ／漫画『ガヴリールドロップアウト』（電撃コミックスNEXT）の執筆ほか、担当作に『クズと天使の二週目生活』シリーズ（ガガガ文庫）などがある（挿絵p255）

Momoko

ももこ／担当作に『ラストエンブリオ』シリーズ（角川スニーカー文庫）、『教え子に脅迫されるのは犯罪ですか?』シリーズ（MF文庫J）などがある（挿絵p231）

Umiko

U35／担当作に『青春絶対つぶすマンな俺に救いはいらない。』（ガガガ文庫）、『コワモテの巨人くんはフラグだけはたてるんです。』（ガガガ文庫）などがある（挿絵p169）

ANTHOLOGY4 ALLSTARS
やはり俺の
青春ラブコメは
まちがっている
アンソロジー4
My youth romantic comed
wrong as I expected.
Anthology4 allstars
オールスターズ

Contents

design: numata rina

たとえぼくたちの青春ラブコメがまちがっていたとしても、

石川博品
挿絵：エナミカツミ

改札を出れば、自然と足が駅ビルの一階にある書店に向かう。

同じビルの二階にある予備校に通っていた頃、授業前にはいつもこの書店に寄った。盆と正月くらいしか実家に帰らなくなったいまでも当時の習性が体に染みついている。

東京にある大規模店とはもちろんくらべものにならないが、高校生のぼくには充分すぎるほど立派な書店だった。あの棚に並ぶ本を全部買えたらとよく夢想したものだ。

わずかな小遣いしかない中でどの本を買うかという決断には自分の深いところへの問いかけが必要となってくる。読書好きに内省的な人が多いのはそういったことに原因があるのかもしれない。

ラノベコーナーに行ってみると、去年の十一月に出た『俺ガイル』の十四巻が平積みしてあった。

一巻をここで買ったときのことはよくおぼえている――二〇一一年三月二十一日という日付までも。

震災でこの町は最大震度五強を記録した。その影響で本がぐちゃぐちゃになってしばらく休業していた書店が営業を再開した、それが三月二十一日だった。確か『俺ガイル』も震災のために発売が遅れたのではなかったか。

ちょっと怖いもの見たさで書店に行きラノベコーナーの前に立ったぼくの目に、その本の表紙が飛びこんできた。この黒髪ロングの子が正ヒロインかな。清楚な感じでかわいい。となりにいる目つきの悪い男が主人公だろう。タイトルは……「青春ラブコメ」が「まちがっている」ってどういうことだ？　裏のあらすじを見てみる。主人公の名前は八幡《はちまん》か。ヒロインが雪乃《ゆきの》。……八幡って、名字か下の名前か、どっちだろう。

どうやらひねりを利かせた学園ラブコメらしいということがわかった。好みのタイプだ。主人公がぼっちだというのもいい。共感できるポイントがあることは購入の決め手になる。

口絵を見てみる。ツンデレっぽい結衣《ゆい》とボーイッシュな彩加《さいか》というヒロインが描かれている。二人ともかわいい。

本文の前に八幡の書いたレポートが載っている。ざっと見た感じ、めんどくさそうな奴だ。

いったん本を置き、他の新刊を見てまわったのち、結局この最初に目についた本を買うことにした——まさかその後九年近くもつきあうことになるとは知らずに。

彼女に『俺ガイル』一巻を貸すとき、手紙を添えたのは、八幡の書いたものが端緒《たんしょ》となることの物語にすっかり心酔していたためだと思う。あの独特のめんどくささを再現するには文章力が足りなかったけれども。

塩原真夏《しおばらまなつ》様

こうして手紙を書いたのは、ぼくがこの『やはり俺の青春ラブコメはまちがっている。』という本をどれだけ好きかということをあなたに伝えたかったからです。

ぼくは口下手《べた》だから、きっとあなたの前ではこの本のおもしろさをうまく表現できないと思うのです。

この物語の主人公・比企谷八幡《ひきがやはちまん》はぼっちです。でもそれで卑屈になったりはしません（周囲からはボロクソ言われますが）。

彼は「ぼっちは可哀想《かわいそう》な奴なんかじゃない」「ぼっちだから人に劣っているわけではない」ことを証明したいと言っています。同じぼっちとして、かっこいいと思いました。

ヒロインの雪ノ下雪乃《ゆきのしたゆきの》もぼっちです。こちらは自分の美貌《びぼう》や有能さを鼻にかけていて、正ヒロインぽいのに悪役感あるキャラです。

ふたりとも口は悪いけど、自分に正直であろうとしています。ぼくはそこが好きです。

去年、あなたがはじめてぼくに話しかけてくれたときのことをおぼえていますか？

ぼくが自分の席でラノベを読んでいて、あなたは「それおもしろいよね」と声をかけてきたのです。そこからしばしラノベ談議になったのでした。

あの本は兄から借りたものです。おもしろい本だけれど、ぼくにとっては「兄の本」でしかありませんでした。

ぼくは「自分の本」が欲しかったのです。リアルタイムで追いかけて、新刊が出るのを心待ちにするような本が。

『やはり俺の～』（長いので略します）にはナンバリングがないし、あとがきによると続きが出るかどうか未定なようですが、シリーズ化してくれればいいと思います。

二巻が出たらまたあなたに貸します。

そのときまでにあなたが退院しているよう祈ります。

杉元圭介《すぎもとけいすけ》

ロータリーにバスがやってきた。寒いのでギリギリまで駅ビルの中にいてから乗りこむ。

むかしは高校へも駅前の予備校へも自転車で通っていたので、駅から実家に帰るのにバスを利用するということが堕落のように感じられる。あの頃は特に目的地があるわけでもないのに、強い風の吹く川沿いの道をチャリで爆走したりしていた。

バスが県道を南下していく。車窓から総合病院のビルが見えてくる。

彼女の入院のことは、高校二年生になって最初のホームルームで知らされた。担任は入院の事実だけ告げて、病名については何も言わなかった。

それから三日かけて便箋二枚の手紙を書きあげたぼくは放課後、総合病院まで自転車を飛ばした。いま考えると、病床にある彼女の無聊《ぶりょう》を慰めたいという気持ちより、『俺ガイル』の感想を誰かに伝えたいという思いの方が強かったように思う。

彼女の病室は六人部屋で、それぞれのパーソナルスペースがベージュのカーテンでかっきり区切られていた。

声をかけてカーテンを開けると、彼女がいた。

「杉元《すぎもと》くん？　来てくれたんだ」

塩原真夏《しおばらまなつ》は『俺ガイル』でいうと海老名《えびな》さんから腐成分を抜いたような、地味でおとなしい女の子だったが、このときはぼくを見てぱっと華やかな笑顔を浮かべた。

カーテン上部のレースから外の照明が漏れ入るだけの薄暗い場所だった。ベッドの脇に引き出しつきの低い棚が置かれている。天板の上には彼女の眼鏡《めがね》がたたまれてあった。小さなテレビと読書灯がそれぞれアームで動かせるようになっている。残りの空いた空間は歩いて通り抜けるのがやっとなほど狭く、そこをスツールに腰かけた宇都宮美織《うつのみやみおり》が塞《ふさ》いでいた。

となりのクラスの宇都宮はガラの悪いグループに属している女子だった。三浦優美子《みうらゆみこ》から縦ロールを取って、川なんとかさん風味を加えたような見た目をしている。

彼女はお見舞いの品としてクッキーを持ってきたらしく、それを自分で食べていた。

「病院ってお菓子食っていいのか？」

ぼくが塩原《しおばら》にたずねると、宇都宮《うつのみや》も彼女の方を見た。

「え？　ダメなん？」

「そもそも病室に食べ物を持ちこむの禁止」

塩原はすこしからかうような口調で言う。

「マジか。ゆってよ」

宇都宮は手にしていたクッキーを口の中に放りこんだ。

ぼくは居心地の悪さを感じていた。入ったところから一歩も動けぬ狭さも、他の入院患者が立てる咳《せき》の音もベッドの軋《きし》みも、塩原と宇都宮の意外な親密さまでもが息苦しかった。

「あの、これ、本。よかったら暇つぶしに」

ぼくは書店のレジ袋に入れた本を差し出した。裸で持ってきていたらいっしょに入れた手紙まで宇都宮に見られるところだった。

「ありがとう」

笑顔で受け取った彼女は袋の中を見ようとする。恥ずかしくなったぼくはあわててその場を立ち去ろうとした。

「おい」

背後から声をかけられる。

ふりかえると、宇都宮がクッキーの小袋をいくつかつかんでこちらに差し出していた。

「スギモトっつったっけ？　これ持ってけ。ここ置いとけないから」

「ど、どうも……」

おかしな物々交換でクッキーを手に入れて、ぼくは病室をあとにした。


二巻は夏休みの直前に出た。

のちのことを考えると、四ヶ月という間隔は充分短いと言えるが、当時は待ち遠しかったのでとても長く感じられた。

そして彼女はまだ病院にいた。

塩原真夏《まなつ》様
待望の『俺ガイル』（ファンはこう略すそうです）二巻が出ました。

今回、奉仕部が本格的に始動して、外に向かっていろいろと働きかけています。こういうふうに物語世界がひろがっていくのを見るのはわくわくします。

あなたが好きだと言っていた材木座《ざいもくざ》も躍動していますよ。

最後の方で、雪ノ下《ゆきのした》は誰かに理解されなくてもあきらめず、由比ヶ浜《ゆいがはま》は誰かを理解することをあきらめない、という一節があって、心に残りました。ぼくはおそらくどちらでもない中途半端な人間です。でも八幡《はちまん》みたいに希望を捨てたわけでもありません。

奉仕部の三人は極端で、だからこそ魅力的なのでしょう。

ラストでは彼らの関係がこじれていく予兆を感じました。次巻も楽しみです。

杉元圭介《すぎもとけいすけ》

似たような建売住宅が並ぶ通りにぼくの実家はある。むかしはしょぼいと思っていたけど、同じ大きさの家を建てるのは、ぼくの給料じゃ一生無理だろう。

玄関で父が迎えてくれた。母は台所でちらし寿司を作っている。ご馳走というといつもこれだ。

「塩原《しおばら》さんち行くんでしょ？」

「午後からね」

二階にあがって自室に入る。引っ越しのときに置いていったラノベたちが本棚であいもかわらず背表紙の鮮やかさを競いあっている。ぼくはベッドに腰かけ、ネクタイを緩《ゆる》めた。

彼女の病室では、あのベッドに腰かけたことなどなかった。

「わたしの病気、悪性リンパ腫《しゅ》っていうんだ」

あるとき彼女から、好きなアーティストを教えあうときみたいな調子で告げられた。

「それってどういう病気？」

「血液の中のリンパ球っていうのが癌《がん》になってるんだって」

それを聞いてぼくは何も言えず、ただうなずいた。

化学療法を受けている最中で、彼女の長くうつくしかった髪は失われていた。薄手のニット帽がこの季節にはすこし暑そうだった。

病室は狭く薄暗く、着け慣れないマスクは窮屈で、長いことしゃべっていられないほど息苦しくて、好きな本の話をするなら手紙がちょうどよかった。

塩原真夏《まなつ》様
三巻はデート（？）あり、バトル（？）ありと盛り沢山な内容でした。このシリーズらしくひねりは利いていますが、結構「青春ラブコメ」していたのではないでしょうか。
ただ、結衣《ゆい》の八幡に対する気持ちはわかりやすいですが、ゆきのんはどうなんでしょうか。彼女の猫に対する思いはわかりやすいですが。
そこから「誰が正ヒロインなのか」という問題が生じてきます。最初の手紙でぼくはゆきのんのことを正ヒロインと書きました。「一巻の表紙のキャラが正ヒロイン」という法則にもとづいたものですが、『俺ガイル』に関してそれがあてはまるのかどうか、わからなくなってきました。主人公の八幡がそうしたラブコメ的な要素を回避しているからでしょう。それでもラブコメ展開に巻きこまれてしまうのは、正直うらやましいです。ぼくは最近、小町《こまち》みたいな妹が欲しくなってきました（笑）。

あなたが推している材木座《ざいもくざ》は今回すごく熱かったですね。熱いのを通り越して暑苦しい。

彼の「好きだからなる」という宣言にはぐっときました。

ぼくもそんな風に思いをことばにしてみたいです。ぼくの「好き」は「なる」ことと関係ありませんが。

杉元圭介《すぎもとけいすけ》

昼食を済ませて家を出た。

駅に向かうバスに乗りこむと、母校のジャージを着た女子五人が一番うしろの座席を占領していた。バッグの感じからしてソフトテニス部だろう。冬だというのにみな真っ黒に日焼けしている。いまでも練習の最初には通用門の前の坂をダッシュしているのだろうか。

『俺ガイル』四巻は一巻同様、三月に出た。

二年生が終わっても彼女は学校にもどってこなかった。

塩原真夏《しおばらまなつ》様
今回は夏休み回です。ぼくたちはまだ一学期もはじまっていないのに気が早いですね。

でも彼らはまだ二年生なので、ぼくたちの方が先に行きすぎていると言うべきなのかもしれません。

葉山《はやま》がなにやら意味深な言動をくりかえしています。三浦《みうら》と同じく悪役（？）だと思っていたのですが、意外と重要なキャラみたいですね。どうやら過去に何かあったっぽいです。

ぼくは平凡な人生を送ってきたので、暗い過去みたいなものがありません。だからそういうのにすこし憧れてしまいます。

ラストで八幡《はちまん》が選んだ問題解決策は最低だけど、あれでよかったのだと思います。八幡は「自分が変われば世界が変わるというが、そんなことはない」と言ってますが、ぼくも同意見です。彼がしたように世界をぶっ壊してしまいたくなるときがぼくにもあります。

平凡な人間なので実際にはできませんが。

杉元圭介

「杉元くんってぼっちなの？」

塩原がベッドの縁《ふち》に腰かけ、足をぶらぶらさせながら言った。裸足の爪先が触れそうで、ぼくは椅子《いす》を引いた。椅子の脚が床にこすれて病室に響く。

「『俺ガイル』読者はみんなぼっちだろ」

「そうなの？」

「わからない。みんなは言いすぎた」

ぼくが言うと彼女は笑った。とても体調がよさそうに見える。

彼女はパジャマの上に羽織っていたカーディガンを脱いで枕元に置いた。診察のとき脱ぎやすいよう、前開きの服がいいのだと言っていた。棚の上に置かれたスマホが通知のランプを点滅させている。そのとなりのペットボトルを彼女が取って水を飲む。あらゆるものが彼女の手の届く範囲にある。

テレビでは公方公園《くぼうこうえん》の桃祭りのＶＴＲが流れていた。

「毎年行ってたけど、これで二年連続行けなかった」

彼女が眼鏡《めがね》をかけて画面を見つめる。暗い中で彼女の影がうっすらカーテンに映し出される。ニット帽の下から髪の毛先がわずかにのぞく。

「ぼくはちっちゃい頃に行ったきりだな」

桃なんて渋い花の魅力に高校生男子が気づくはずもない。でもそのときぼくは、彼女と見たならきっとうつくしいだろうと思った。この世のうつくしいものは愛する人と見るためにある。

楽しい本も同じだ。

『俺ガイル』を好きになったのと彼女を好きになったのと、どっちが先だったろうか。いまでは両者を切り離せない。

学校の自分の席でも、やたらと軋《きし》む予備校の椅子《いす》の上でも、勉強の合間に寝転がるベッドでも、『俺ガイル』を繙《ひもと》くとき、ぼくはいつだって彼女を思った。

彼女が退院した。

「どっか行こうよ。自転車乗って」

川沿いの道を自転車で走っているという話をしていたせいで、こういう流れになった。

「じゃあ遊水地行こうか」

晴れた日だったが、梅雨を引きずって湿った風が吹いていた。雨を受けて伸びた草がざわざわ鳴る川原を見おろしながら、ぼくたちは土手の上の道を走った。

彼女はぼくのクロスバイクに乗ってディレイラーが気に入ったのか、しきりにシフトチェンジしてガチャガチャ鳴らした。ショートパンツから伸びる脚が日の光を拒むように白い。膝の骨が周囲をえぐったようにくっきりと浮かびあがっていた。

風が彼女の髪をかき乱す。まだすこし短くて、八幡《はちまん》みたいな髪型だった。

「疲れた〜。運動不足だね」

遊水地の人工湖を望むベンチにぼくたちは座った。彼女はスポーツドリンクをラッパ飲みしてため息をついた。まわりにはサイクリングロードもあるけれど、ここまで自転車で走ってきたから一休みする。

湖がハート形をしているからと、ハート推しでデートスポットとして売り出されているが、成功しているかどうかは知らない。ぼくたちのいるところから見ればただの広い水面《みなも》で、向こう岸がかすんで見えた。

「杉元《すぎもと》くんは大学決めた？」

「うん」

ぼくは東京にある大学の名をいくつか挙げた。

「受かったら一人暮らしするの？」

「したかったけど、家から通えって言われた」

「まあそうなるよね。新宿まで一時間だし」

「八幡《はちまん》も大学は家から通うんだろうね」

「実家出るの嫌がりそう」

「ゆきのんは高校生なのに一人暮らししてて偉いよな」

「ちゃんとしてそうだよね、あの人は」

こんな話をしているのがなんだか不思議だった。ぼくたちはついさっきまで八幡たちのように二年生の夏休みにいたはずだ。もうすぐ三年生の「勝負の夏」が来るなんて信じられない。

彼女が眼鏡《めがね》をはずして目をこすった。自転車に乗っている間、ずっと風を受けていたので、目が真っ赤だ。

「わたし、来年の受験あきらめることにした。いまのままじゃ準備不足だから」

「そっか」

ぼくは何と返したらよいのかわからず、彼女の真似をして目をこすった。

「でも必ず大学には行くよ」

「うん」

「高校は三年で卒業したいな。一コ下にタメ口きかれるのとかマジで無理。大学なら気にならないだろうけど」

「わかる」

風が湖を渡り、汗に濡れたぼくたちを冷やして去っていった。

塩野真夏《まなつ》様
四巻に引き続き、夏休みの話です。今度は七月に出たのでタイムリーですね。いろんなキャラとの絡みがあってお気楽な巻かと思っていたら、最後に待っていました。ラスボスが。
雪ノ下陽乃《ゆきのしたはるの》は三巻でもちょっとだけ出ていました。陽気なお姉さんキャラだと思っていたのですが、ちょっとちがうようです。
ぼくは彼女があまり好きではありません。彼女は周囲に変化をもたらします。目が腐っていつもひねくれたことばかり言っている八幡《はちまん》を、無害な年下の男子にしてしまいます。孤高の存在であるゆきのんを、姉に劣った弱い女の子にしてしまいます。空気が読めて、奉仕部にもすぐに溶けこんだガハマさんをただの部外者にしてしまいます。

すこしずつ絆を深めてきた三人をバラバラにしようとします。

物語に変化がつきものだということは理解しています。起承転結だとか序破急だとか、そういうものがないと退屈な物語になってしまうということも知っています。でもぼくはもうすこしの間、八幡とゆきのんとガハマさんが奉仕部の部室でただおしゃべりしている様を見ていたかったのです。

八幡は「変わらなければ悲しみは生まれない」と言いました。ぼくは変化を恐れています。以前あなたに指摘されたとおり、ぼくはぼっちです。でも騒がしい休み時間の教室でひとり本を読んでいるのが、ぼくは好きです。予備校の帰りに暗い道を自転車で疾走するのが好きです。あなたとふたりで『俺ガイル』の感想なんかをしゃべっているのが好きです。

いまのままで何もかわってほしくない。

次巻以降を読むのがすこし不安です。

杉元圭介《すぎもとけいすけ》

夏休みの間に、彼女はふたたび入院した。

ぼくがお見舞いに行くと、彼女は膝を抱えるような格好で横になっていた。眠っているのかと思い、こちらに向けられた背中を見つめていると、彼女が顔をあげた。細めた目で肩越しにぼくを見る。

「外めっちゃ暑いわ。自転車こいできたから汗やばい」

ぼくはそう言って椅子《いす》に座った。彼女の返事はない。丸まった背中が壁のようにぼくの視線を遮《さえぎ》る。

「そういえばさ、『俺ガイル』アニメ化されるんだよな。五巻の帯に書いてあった」

「やるの深夜でしょ？　ここ、消灯九時だから」

「ぼくが録画してＤＶＤに焼くよ」

「プレーヤーがない」

「ノートパソコン持ってくる」

会話が途切れた。汗を吸ったマスクが肌に張りつく。廊下を行く台車の音が聞こえた。

「わたし、高校卒業できないかもしれない」

彼女の声は遠く力なく、カーテン越しに話しているかのようだった。

「そっか。でも――」

ぼくは喉の渇きをおぼえた。「高認試験とかあるからさ。大学には行けるよ、きっと」

「そう簡単にいくかな」

彼女は言って、長くかすかな息を吐いた。

ぼくはリュックのサイドポケットに刺さったペットボトルをひっぱり出した。だが飲食禁止であることを思い出し、スポーツドリンクがボトルの中で波立つのをただ見つめ続けた。

塩原真夏《しおばらまなつ》様
六巻は文化祭でした。

文化祭に向けた準備をしているシーンで、ゆきのんの有能さがあらためて証明されましたね。成績優秀・眉目秀麗《びもくしゅうれい》・スポーツ万能（体力はないですが）なうえに仕事もできるとは驚きです。人望はなさそうですが、ナンバー2として実務を取り仕切るのには向いているようです。

一方、（ほぼ）新キャラである相模《さがみ》の無能ぶりはキツかったです。彼女の甘さ・無責任さが自分と重なって見えます。ぼくはバイトもしたことがありませんが、働いたら彼女みたいになるんじゃないかと不安になりました。

彼女のせいでプロジェクトが崩壊していく過程が妙にリアルでした。ラノベでこういうことが描かれるのは珍しいのではないかと思います。主人公が「時間がすべてを解決するというのは嘘《うそ》だ」なんてことを言いだすのもたぶん他では見られないことでしょう。

その八幡《はちまん》ですが、今回はすごくかっこよかったですね。ずっと縁《えん》の下の力持ちとして働いていて、いざというときに（彼らしいやり方で）バシッと決める。ぼっちがよく妄想するパターンです。「学校を占拠したテロリストに単身立ち向かう」くらい好きなやつです。でも結局ぼくにはそんな活躍をするチャンスがめぐってきませんでした。文化祭は六月に終わってしまったし、テロリストもいまのところ来ていません。

八幡の言った「安易な変化は成長じゃない」という考えには胸を打たれました。ぼくはそうした妥協だとかあきらめを「大人になること」と同一視していました。でも彼はまず、いまの自分を肯定しろと言います。

ぼくはいまの自分をそこまで肯定できません。

八幡は強いです。だからぼくは彼に憧れるのでしょう。

杉元圭介《すぎもとけいすけ》

休み時間に自分の席で本を読んでいると、声をかけられた。

「おい——」

机の前に宇都宮美織《うつのみやみおり》が立っていた。もう十一月も末で、ミニスカートから伸びる脚が寒そうだ。片方の手をカーディガンのポケットにつっこみ、もう片方の手には本屋のレジ袋を提げていた。

「これ、返すって」

彼女はその袋を机の上に置いた。触れてみると、中に本が入っているのがわかった。

「真夏《まなつ》はもう読みたくないって」

宇都宮《うつのみや》は窓の方を見ていた。ぼくもそちらを見た。薄曇りの空がなぜか目に痛い。

「お見舞いも、もう来ないでほしいって」

「そっか。わかった」

ぼくが言うと、宇都宮はふてくされたような顔をしてうなずき、教室を出ていった。

袋の中を見ると、三日前に塩原《しおばら》に貸した『俺ガイル』六巻と封の切られていない封筒が入っていた。

ぼくは自分の好きな本を他人に押しつけたりはしない。本の趣味が似ている兄に対してもそんなことはしなかった。だから彼女にも、読みたくないと言うのを強《し》いて読ませようとは思わない。たとえ大好きな『俺ガイル』であっても。

八幡《はちまん》とゆきのんは、文化祭が終わってようやく「互いの存在」を知った。ぼくと塩原は、物語内の半年と現実世界の一年八ヶ月をかけてどれほどわかりあえただろう。

人生はいつだって取り返しがつかない——六巻のラストにあった八幡のことばだ。本当はこれが一番印象的だった。彼女への手紙には書けなかったが。

ぼくは本の入った袋を机にしまった。それに目を留める者は教室内にひとりもなかった。

七巻は三月に出た。ぼくの環境がかわるタイミングでいつも新刊が出る。

第一志望の大学に受かり、高校を卒業した。卒業式で彼女の名前が呼ばれたが、彼女自身はそこにいなかった。

ぼくは読まれるあてのない手紙を書いた。

塩原真夏様
まずは、しばらくお見舞いに行けなかったことをお詫《わ》びします。「もう来てほしくない」というあなたのことばの真意をたずねることも、その後、気がかわったりしていないか訊きに行くこともしませんでした。あれ以上の完全な拒絶を食らうのが怖かったからです。

あなたへの手紙はこれからも書き続けようと思います。そうしていると、『俺ガイル』の感想をあなたと語りあっていたときのことが思い出されるからです。ぼくにとって、あの本の魅力とはあなたと語りあう楽しさのことでもあるのです。

いつかこの手紙があなたに読まれることを願っています。

さて、七巻は修学旅行回でした。

若干ギスギスしてますが、とても楽しそうでしたね。ぼくの修学旅行には、ああした告白だとか、宿を抜け出してラーメンを食べに行くとかいったイベントがありませんでした。ぼくがぼっちだからでしょうか。もしかしたら京都と沖縄のちがいかもしれません。海老名《えびな》さんが下した決断は理解できます。いまある関係性が心地よいものであるなら、かわってほしくないと考えるのは当然です。ぼくも五巻のあとの手紙で「変化は嫌だ」と書きました。

ですが、ぼくは高校を卒業して、八幡《はちまん》の言う「笑ってしまうくらいに狭い世界」「どうしようもないほど短い時間」から抜け出してしまったのです。これから大学というあたらしい世界でどう生きていくのか、考えなくてはなりません（あまり気は進みませんが）。

そのあとでなら、あなたとも何かあたらしい話ができそうな気がします。そんな日がやってくるのを楽しみにしています。

杉元圭介《すぎもとけいすけ》

あのときのぼくは「あまり気が進まない」なんて言いながら、本当は新生活に期待して浮かれていたのだろう。彼女があのカーテンで仕切られた暗く狭い空間、どうしようもないほど短い時間の中に閉じこめられているということに思いが到らなかったのだから。

新生活に内心期待はしていたものの、根本的には変化が苦手な人間なので、結局のところ、ぼくの毎日はあいかわらずだった。自転車から電車通学にかわったが、スマホを見ていれば東京までの一時間なんてあっという間だ。教室で先生の話を黙って聴いていれば九十分もすぐに過ぎる。

一度、必修科目のクラスのコンパに行ったことがある。上京して一人暮らしをはじめた者たちの寂しさからくるがっつきぶりとも、東京生まれ東京育ちだという連中の余裕とも、ぼくは無縁だった。まるでＬＩＮＥスタンプのようなシンプルでわかりやすくて無害なことばたちが居酒屋のテーブルの上を飛び交っていた。八幡やゆきのんが交わす機知と悪意に満ちた会話をぼくは懐かしんだ。

『俺ガイル』のアニメは四月からはじまった。ぼくは夜中まで起きて、録画しつつリアルタイムでも観た。彼女が病室のベッドの上で背中を丸め、膝を抱え、目をつぶっていても、声に出された八幡たちのことばが耳に届いていればいいと思った。

塩原《しおばら》真夏《まなつ》様

七・五巻は短編集でした。これまで語られたエピソードの間に起こった出来事が描かれています。時間が前後するので、冒頭にあるカレンダーを見ないと混乱します。

表紙はまさかの三浦《みうら》でした。まさかの三浦回があるのかと思ったら、さすがにそれはありませんでした。

いままで語られていなかった、ささやかな出来事を読んでいると、八幡たちが実在する人物であるかのように感じられます。

ぼくがあなたのことを思い出すときもそうです。夕食に出る魚の煮つけがまずいと言っていたあなたの苦々しげな表情、真っ白な足の甲に透けて見えた青い血管、材木座《ざいもくざ》の咳払《せきばら》いを真似するおどけた声——日常の中でそうしたことがふっと脳裏に浮かび、ぼくはあなたと過ごした時間が実在したものであったと再認識するのです。

一番分量の多い短編のラスボスは柔道部のOBでした。ぼくは八幡《はちまん》に感情移入して読んでいましたが、よく考えてみると、ぼくももうOBと同じ大学生なのですね。いまのところ、大学から逃げたいと思ったことはありません。もし逃げたくなったとしても、ぼっちで帰宅部だったぼくがあの高校に逃げることなどできないのですが。

あなたからは逃げていると感じます。ぼくは何度か総合病院の入口まで行きました。実は先週もです。でももう一歩が踏み出せない。あなたのことが怖いのです。決定的な一言をぶつけられて永遠にあなたと縁《えん》が切れてしまうのを恐れています。

八幡は「逃げたという事実はさらに自分を追い詰める」と言いました。確かにそうです。

あなたと会って話したいことがたくさんあります。

杉元圭介《すぎもとけいすけ》

東京でファミレスのバイトをはじめた。地元でやるより求人がたくさんあるし、時給もいい。

接客の仕事を通じて、この世の中にはおかしな奴がいっぱいいることを知った。妻と幼い息子を連れた父親がテーブルの上の爪楊枝《つまようじ》を容器ごと盗んでいくなんて、このバイトをするまでは想像もできなかった。
『俺ガイル』にもおかしなキャラはたくさん出てくるが、人に害を与えないという点で、あの連中よりずっとましだ。彼らに社会人が務まるのだから、八幡だってきっと外に出て働けるだろう。

塩原真夏《しおばらまなつ》様
八巻は修学旅行が終わった数日後からはじまるので、ちょっととまどってしまいました。七巻の出たのが三月なので、現実の世界では八ヶ月が経過しています。アニメや七・五巻があったのでずっと『俺ガイル』に触れている気でいましたが、本編は結構間が空きましたね。
冒頭で八幡が「失われるからこそ美しいものもある」と言っています。ぼくはまだそこまで達観できません。
あなたと会えなくなってしまったのに、なぜぼくはこんな手紙を書き続けているのでしょう。八幡の嫌う自己憐憫《れんびん》でしょうか。ただひとつはっきりしているのは『俺ガイル』という物語がこの先も続いていくということです。ぼくはそれを最後まで追いかけるつもりです。あなたもいつか追いついてくれるとうれしいです。

今回、生徒会選挙をめぐって、八幡《はちまん》・ゆきのん・ガハマさんが袂《たもと》を分かってしまいました。ぼくは読んでいてすこし悲しくなりました。やはりあの三人にはいっしょにいてもらいたいです。

問題を先送りにするという八幡の習性が自身の孤立を招いてしまいました。ぼくもいろいろなことを先送りにしてごまかしているような気がします。大学に入っても勉強するわけではなく、就職までの猶予《ゆうよ》期間をぼんやりと過ごしている状態です。あなたとのことも先送りにして、結局仲直りする機会を見つけられないままです。

八幡の欲しがる「本物」というものが、ぼくには何となくわかる気がします。「何も言わなくても通じて、何もしなくても理解できて、何があっても壊れない」もの。それはきっとぼくの手の届くところにあります。

杉元圭介《すぎもとけいすけ》

彼女の死を報せてきたのはＬＩＮＥのメッセージだった。

卒業するときにクラスで作ったグループのことなんて忘れていたけど、急に通知がたくさん来たのでのぞいてみると、トークが彼女を悼《いた》むメッセージで埋めつくされていた。

ぼくには彼女のことを伝える相手がグループの内にも外にもいなかった。みんなの感情が流れこんでどこにも出ていかない、行き止まりのような存在だ。英語で言うとデッドエンド。デッドレターは空文、あるいは配達不能の手紙。

それは一月中旬のことで、正月三が日の内に亡くなった彼女の葬儀は親族のみで執り行われたということだった。

グループトークの中で同級生たちは彼女の霊前にお参りする計画を立てていた。ぼくはそれに参加しなかった。

数日してから、ひとりで彼女の家まで行った。

彼女の家は県道沿いにある立派なお屋敷だった。古い門の上に屋根みたいなものがついていて、むかしは庄屋か何かだったのではないかと思った。

ぼくは車道を挟んだ向かいに自転車を停めた。まわりに歩行者の姿はなく、そこにたたずんでいると不自然なので、ＬＩＮＥか何か来たふりでスマホをいじりつつ彼女の家を横目に見た。

彼女の話では確か、家族は両親とお祖母さんだけだったはずだ。あの大きな家の中で三人はどのように暮らしているのだろう。一人、いちばん長く生きることを期待されていた彼女が欠けてしまったあとで、家族はどうやってその後の毎日を送るのだろう。

彼女のお母さんとは病室で何度か顔を合わせた。だから玄関のチャイムを鳴らして事情を話せば、家に入れてもらうこともできたはずだ。だがぼくはそれをしなかった。そんなことをしたら、ぼくと彼女のつながりが世間一般の平凡なものに堕してしまう気がした。

この世界でぼくだけが彼女と『俺ガイル』という物語を共有した。特別な絆だ。ぼくたちの間で交わされたことばは誰にも聞かれず、誰にも見られなかった。そこで得たもの、失ったものはぼくたちだけのものだ。それとくらべたら祈りも供物も価値がない。

遊水地に行ったとき撮った写真をスマホに表示させる。初夏の日差しの中で彼女が笑っている。真冬の風に吹きさらされているぼくからはあまりに遠い。彼女の記憶は日々薄れ、ことばは消え去り、残ったのはこの写真といくつかの手紙だけだ。

ぼくは自転車をこぎだした。誰もいない歩道は、こぼれる涙を拭《ぬぐ》わず走るのにちょうどよかった。

塩原真夏《しおばらまなつ》様
九巻はクリスマスイベントの準備です。こいつらいっつも準備してんな。

前巻に引き続き、八幡《はちまん》はゆきのん・ガハマさんと別行動でしたが、途中から合流しました。やはりこの三人がそろうといいですね。

イベントへの協力を要請するシーンで、ついに八幡が「本物が欲しい」と口に出しました。

その後の描写を見ると、ゆきのんとガハマさんも「本物」を欲しがっているようです（なぜかいろはすも欲しがって見事玉砕しましたが）。

ぼくは「本物」というとあなたを連想します。あなたの死がぼくにとっての「本物」です。

死には変化がありません。個人差もありません。不可逆で絶対的で、たとえて言うなら、光もことばも届かない、深く大きな穴のようです。ぼくはずっとこの穴の縁《ふち》に沿って歩いているような気がします。目に映るすべてが、穴に放りこめば終わってしまう仮初《かりそめ》のものに思えてしまいます。

ゆきのんはアトラクションのライドが落下する間際に「いつか、私を助けてね」と言いました。八幡にはまだ彼女を助けるチャンスがあります。

ぼくはあなたを救えませんでした。そのためのチャンスも力もなかった。できることは手紙を書き続けることだけです。

ときにぼくは穴の底をのぞきこみます。そこにあなたはいるけれど、それはあなたではない。わかっていることですが。

杉元圭介《すぎもとけいすけ》

二回生になってもぼくの生活は特にかわらなかった。

大学でもバイト先でも話し相手はいない。東京にはなじめず、ずっと息苦しさを感じながら歩いている。いつも行く場所以外は怖いので足を踏み入れない。

地元に帰る電車の中で、ようやく息をつく。まるで深い坑道《こうどう》から地上へもどるエレベーターに乗っているようだ。細い線路でぼくの命脈はつながっている。光は外の闇に撒《ま》き散らされ、ぼくに残されたものはわずかだ。その下で、ぼくは『俺ガイル』を読んだ。一巻から九巻まで。それが終わるとまた一巻からはじめる。終わりは終わりじゃない。物語がその先も続くと知っているからふたたびはじめられる。

彼女の途切れた物語。ぼくはそれとどう折りあいをつければよいのだろう。

いつもの駅で降りる。電車はぼくを置いて走っていく。

塩原真夏《しおばらまなつ》様

六・五巻はすこし時間をさかのぼって、文化祭のあとの体育祭です。短編集だった七・五巻とはちがって長編+短編という形ですね。

今回はもう相模《さがみ》がすべてでしたね。こいつは本当にもう……。文化祭のときからまるで成長していない。自分は何もしないくせに他人には意見を出すよう要求するとか、見事に人の神経を逆撫《さかな》でしてくれます。

こういう奴は将来どうなるんでしょうか。今後も周囲をひっかきまわしていくのか。意外と大学に入ったら心機一転楽しく過ごしてたりしそうですが。

ただ、彼女は妙にリアルというか、自分の中にも似たような部分があるので、憎みきれないんですよね。自己評価だけやたら高くて、それで失敗して不貞腐《ふてくさ》れるところとか。友達にシカトされた経験だって誰しもあるものですから……あ、ぼくにはありませんでした。ぼっちでよかった！

八幡《はちまん》とゆきのんはあいかわらず有能ですね。いますぐ社会人としてやっていけそうです。ぼくも（ぼっちながら）そろそろ就職の話なんかを耳にするようになってきていますので、彼らのことをそういう目で見てしまいます。ぼくも彼らのように有能な人材になれるでしょうか。

ぼくはもう高校生の頃のように『俺ガイル』を読めないのです。厄介《やっかい》な相模も優しいガハマさんも仕事熱心なゆきのんも、棒倒しで反則ギリギリ（ギリギリアウト）な手段を使う八幡も、みんないじらしくてかわいらしく見えます。応援席で体育祭を観る保護者の心境です。かつてぼくはあの奉仕部の部室にいました。いまは年下の友人たちを遠くから見守る存在です。

そのことをすこし寂しく思います。

杉元圭介《すぎもとけいすけ》

時がたち、すこしずつ八幡たちと年齢が離れていく。

年を取らない彼女とも。

休みの日に、彼女と遊水地に行くのに通った川沿いの道を自転車で走った。ひらけた川原を風が吹き過ぎていく。丈高い草が日の光を浴びて青々と輝く。あの暗く狭い病室で彼女が過ごした最後の時間を思う。失った水分をスポーツドリンクで補う手軽さがうしろめたいことのように感じられる。

塩原真夏《しおばらまなつ》様

大きなイベントが終わって、十巻は進路の話です。もうそんな時期なんですね。

自分の進路については悩まずに、他人の進路をさぐることに頭を悩ませるのは、いかにも八幡《はちまん》らしいです。

ぼくも高校時代には進路に関してあまり悩みませんでした。ぼっちは暇なので割と勉強してたりするんですよね。

平塚《ひらつか》先生は八幡に「現実を見なさい」と忠告しました。大学に入ったその先のことを考えろ、と。ぼくもそういうことを真剣に考える時期に来ています。

あなたといたとき、ぼくはもっと現実を見るべきだったのだと思います。二度目の入院のあとで、あなたの病気が重いことは明らかでした。でもぼくはそこから目を逸《そ》らしてしまった。もうそれほど時間が残されていないことを承知したうえであなたと向きあうべきでした。たとえ拒絶されたとしても。

八幡は他人からの依頼に応え、葉山《はやま》は周囲からの期待に応えて生きています。彼らの姿がぼくの目にはまぶしく映ります。そのやり方に差はありますが、彼らは他者と精一杯折りあいをつけようとしています。そうした経験がぼくにはありません。

みずから望んだぼっちライフなのに、たまにとても辛くなります。

そんなとき、あなたに会いたくなります。

杉元圭介《すぎもとけいすけ》

大学の食堂でゼミの志望調査票を書く。来年からはゼミに所属しなければならない。昼時で、あたりは混雑している。ひとりでいるのはぼくだけだ。

八幡や葉山に進路があるように、ホール内に響く声のひとつひとつにも大学を卒業したあとの進路がある。

彼らのひとりひとりに、読んできた本がある。

天井を見あげると、響く声が混じりあい、渦を巻いている。その中に、ぼくに向けられた声はなかった。

塩原真夏様
一〇・五巻は短編集でした。割と軽い話が多かったように思います。

六・五巻では相模《さがみ》の進路が心配になりましたが、今回は材木座《ざいもくざ》ですね。こいつもだいじょうぶかな……。　相模はなんだかんだで勤め人をやれそうですが、材木座はどうでしょうか。八幡《はちまん》とはちがった意味で社会性ないですからね。

マスコミ研究会というサークルが出てきました。うちの大学にも似たようなのがあります。ぼくとは無縁ですが。ぼくはいわゆるノンサーなので就職活動がちょっと不安です。材木座のことを心配している場合じゃないですね。

いろはすはその点だいじょうぶそうです。きっとうまいこと世渡りしていくことでしょう。八幡とのデートは楽しそうでした。ぼくはあなたと遊水地に行ったことを思い出しました。あれはぼくの人生の中でもっともうつくしい記憶です。空は晴れていて、景色はきれいで、風が気持ちよくて、あなたはずっと笑っていました。ぼくはずっとこの日の思い出を胸に生きていくことでしょう。

生徒会で作るフリーペーパーのために八幡がコラムを書いていました。思い起こせば、『俺ガイル』は彼の書いたレポートからはじまった物語でした。そしてぼくはそれに触発されてあなたに手紙を書きはじめました。さらに言えば、『俺ガイル』があったからこそあなたにそれを貸して、たくさん話をすることができました。ラノベは毒にも薬にもならないものだと言われたりしますが、『俺ガイル』と八幡はぼくの人生をかえました。いつかあの世界に転生して八幡に感謝の気持ちを伝えたいです。「何だコイツ」みたいな目で見られると思いますが。

八幡は節目節目で「終わり」を予感しています。ぼくもあなたといるときに終わりを意識すべきでした。そうすればもっと大切なことを伝えられたのではないかと思います。たとえ終わりが来たとしてもそこに何かは残ったでしょうから。

杉元圭介《すぎもとけいすけ》

また新刊が出て年度がかわった。

ぼくは三回生になり、ゼミに入った。そこで周囲の人と事務的な会話を多少は交わすようになった。飲み会はバイトを口実に断った。

アニメ二期がはじまった。古い友人に会うような気分だ。八幡はあいかわらずだった。ぼくのよく知っているセリフを口にする。まるで思い出の中の彼女のようだ。彼女と過ごした短い時間をぼくは何度も何度も頭の中でリピートしている。

塩原真夏《しおばらまなつ》様
十一巻はバレンタイン回でした。
チョコ作りのイベントを企画する中で、八幡たちは奉仕部最初の仕事を思い出します。
あのときはガハマさんがクッキー作りを手伝ってほしいと依頼してきたのでした。

物語がその端緒《たんしょ》に回帰するとき、きっと終わりが近づいているのです。

調理室には葉山《はやま》や三浦《みうら》たち、いろはすや陽乃《はるの》さん、玉縄《たまなわ》や折本《おりもと》など、これまで出てきたキャラが総登場しています。彼らをここに集めることができたのは奉仕部の成果であり、到達点です。

おそらくここからは奉仕部の外ではなく、内にいる三人の問題が物語の中心となっていくのでしょう。

水族館デートの最後で、三人の依頼が持ち出されます。外部からの依頼に応え続けてきた三人が、はじめて自分たちに向きあいます。

終焉《しゅうえん》が近いことは明らかです。

それがどんなものであれ、ぼくは見届けたいと思っています。あなたが亡くなったときのようにあとから人づてに知らされるなんて嫌だ。ぼくは物語から締め出されていたくない。

でも、この物語が終わったあとで、ぼくはどうすればいいのでしょうか。ぼくはどこへ行けるのでしょうか。まるで想像がつきません。

杉元圭介《すぎもとけいすけ》

人手不足だ売り手市場だなんて言われていたが、就職活動はそれなりに辛かった。面接官が

「ぜひ我が社へ！」なんて言って頭をさげてくるわけでもないし、年俸一千万円を提示してくるわけでもない。結局、仕事は退屈そうだがそれなりにホワイトらしく見える会社から内定をもらった。

そのあとは図書館に籠《こも》って卒論をでっちあげ、なんとか卒業できた。

新社会人になったぼくは東京で一人暮らしをはじめた。

その間、『俺ガイル』の新刊は出なかった。

学生時代ほど頻繁にではないが、『俺ガイル』を読み返すことがある。そのたびに「もう読みたくない」という彼女のことばが脳裏に浮かぶ。

物語を最後まで読まない人はたくさんいる。たとえどんなに人気のシリーズであっても、巻が進むにつれて売上は減っていく。すこしずつ読者は脱落していく。その理由は様々だろう。単に飽きたのかもしれない。それを通り越してアンチになったのかもしれない。お金がなくなったのかもしれない。死んでしまったのかもしれない。

彼らはシリーズを完走する者とくらべて劣っているのだろうか。ぼくは『俺ガイル』を途中までしか読めなかった彼女よりもよい読者なのだろうか。

塩原《しおばら》真夏《まなつ》様

十二巻は二年ぶりの新刊です。気がつけばぼくも社会人になって半年たっていました。ブランクを埋めるように冒頭でこれまでのことをふりかえってくれていますが、予習をバッチリしているのでだいじょうぶでした。

ゆきのんの依頼（というよりも「願い」？）が明らかになりました。きっと八幡《はちまん》とガハマさんは彼女の言うとおりに、その夢がどうなるのか見届けることでしょう。

プロムをめぐって、ついにラスボス・ゆきのんママが乗りこんできました。彼女にかかっては陽乃《はるの》さんもしょせん中ボスという感じです。陽乃さんの場合は、その場をひっかきまわすことだけが目的っぽくて、ある意味ラスボスより厄介《やっかい》ですが。

八幡たちには自分で決められないことがたくさんあります。保護者の意見は無視できないし、学校側がNOと言えばプロムは絶対に開催されません。

それでも八幡たちは自分たちで決めようとしています。ぼくならあきらめてしまいそうなところです。何が彼らをそうさせるのでしょう。若さでしょうか。物語の主人公だから、というのはちょっとうがった見方かもしれません。

八幡は「おそらく大学に行ったところで、運命的な出会いや一生を決定づける夢に出会うことなどない」と言っています。それはそうかもしれないし、そうでないかもしれない。誰にもわかりません。彼がまだ若いからというのではなく、まだ終わっていない物語だからです。

一方のぼくはどうでしょうか。ぼくは自分が終わった物語の中にいるような気がしています。

陽乃さんは八幡に対して「共依存」ということばを突きつけました。ぼくはあなたに、より正確に言うとあなたの死に依存しています。年中無気力なのも、友人を作らないのも、毎日ろくなものを食べないのも、世の中のことに無関心でいるのも、自分を「愛する人を失った男」と規定しているからです。その前提があるから、ぼくはぼくでいられるのです。『俺ガイル』は依存の対象であるあなたとつながるひとつの手段です。あなたから本を突き返されて以来、ずっとこうやってひとりで読んできたので、もう他の読み方がわかりません。

きっとぼくの『俺ガイル』を読むやり方はまちがっている。こんなことならリアルタイムで読みたくはなかった。こんなことなら「自分の本」なんて欲しくはなかった。

すべてをやりなおしたい。あなたにはじめて声をかけられたあの日の教室から。

杉元圭介《すぎもとけいすけ》

一年が過ぎた。

時の流れるのが速く感じられる。後輩もできて、ぼくはもう新社会人ではない。

十三巻の帯には「物語は最終章へ——」とあった。ぼくはためらいながらそれに手を伸ばす。

塩原真夏《しおばらまなつ》様

物語が最終章に入り、最初の「勝負」が持ち出されました。

そしてその「勝負」の発案者である平塚《ひらつか》先生が総武《そうぶ》高校を去ろうとしています。

物語は終わるためにはじまります。そのことを承知で『俺ガイル』を読みはじめたはずなのに、いまぼくは物語が終わってしまうことを恐れています。

この不安をあなたと分かちあえればいいのに、と思います。でも、もうあなたのいた時間にはもどれません。

八幡《はちまん》・ゆきのん・ガハマさんの時間も終わろうとしています。三人ともきっと同じものを願っています。そしてお互いがお互いをそれぞれのやり方で尊重しようとしています。

それなのにすれちがってしまう。

彼らはもう一巻がはじまったときの関係にはもどれません。奉仕部の部室で過ごしていた頃にももどれません。

終わった物語はどこへ行くのでしょう。闇に呑《の》まれるのか、虚空《こくう》に漂い続けるのか、別の何かに生まれかわるのか。

物語が終わったあとで、そこには何が残るのでしょうか。

杉元圭介《すぎもとけいすけ》

日々は終わらない。

社会人二年目のぼくに会社や業界や世界をかえるような仕事などまわってくるはずもなく、日常業務をこなしているうちに一日が終わり、一週間が過ぎ、一月が去り、季節はめぐる。

最終十四巻は当初二〇一八年三月発売予定だったが、たびたび延期になった。

待ち遠しいということはない。ぼくには待つという感覚が希薄だ。時がたつということはつまり、彼女と過ごした時間から遠ざかるということだ。未来の何かに近づきたいとは思わない。

発売日、仕事を終えて書店に寄った。ラノベコーナーでは十四巻が大々的に展開されていた。制服の少年が平台から一冊取ってレジに向かう。彼が高校二年生だとしたら、一巻が出たのは小二の三月になる。アニメ二期でも中一だ。何をきっかけにしてこの作品を知ったのだろうか。

彼はきっとぼくのようには『俺ガイル』を読めないだろう。別に古参ぶりたいわけではない。ぼくはそのとき、否応なく、そのようにしか読めなかった。ぼくもまた、いま八幡と同年代である彼のようには読めない。

ぼくは棚の前に立ちつくす。無数のゆきのんがほほえみを向けてくる。

塩原真夏様

ついにこのときがやってきました。

あのめんどくさいふたり、八幡《はちまん》とゆきのんが思いを打ち明けあい、意外にも周囲にバレバレなカップルになりました。ずっと三人でいたいというガハマさんの願いも叶《かな》いました。ぼく的には、こま×いろというてぇてぇカップリングが誕生したことにガッツポだったのですが、まあそれはいいです。

彼ら彼女らの一年間を追う約九年の長い旅が終わりました。『俺ガイル』が終わってしまって、自分がどうなるか不安でしたが、悲しくて涙が止まらないとか、虚脱感に襲われて何も手につかないというような俺ガイルロスには陥っていません。ぼくは総武《そうぶ》高校のあの部室にいまも八幡やゆきのんやガハマさんがいることを知っています。三年生編が書かれていなくてもわかります。だから寂しがる必要なんてないのです。

あなたもそこにいるのではないか、なんてことも考えます。もしかしたらどこかで彼らとすれちがっているかもしれないし、同じ高校に通っているかもしれない。夢小説みたいな話ですが、終わった物語と死んだ人はきっとひとつの場所に行くのです。

前の手紙でぼくは「すべてをやりなおしたい」と書きました。でもいまは、そんな風に悔やんだりはしたくないと思っています。八幡はゆきのんに言いました――「こんな言葉でわかるわけない。わからなくていい。伝わらなくても構わない。ただ伝えたいだけだ」と。たとえぼくの『俺ガイル』の読み方がまちがっていたとしても、そうやって読んだ感想をあなたに伝えたいと思ったこと、届かないとわかっていても手紙を書き続けたこと、それだけはまちがっていなかったと胸を張って言えます。それをまちがってるなんて言ってはいけないんだ。

八幡は「故意にまちがう俺の青春を、終わらせるのだ」と言いました。他人にひっぱられるような形ではじまった物語も、最後は主人公の決断によって終わります。

ぼくも決断をしようと思います。とてもささやかなものだけど、それが『俺ガイル』とあなたへの恩返しになるのだと信じています。

杉《すぎ》元《もと》圭《けい》介《すけ》

物語や思い出にひたっていたぼくも、いつか現実に追いつかれる。

そうしてぼくはここにたどりついた。もどってきたと言うべきか。


バスを降り、県道を歩く。狭い歩道を冷たく乾いた風が吹き抜けていく。

彼女の家の外観は六年前と何もかわっていなかった。玄関に置かれたハロゲンヒーターに線香の煙が熱されて苦みを増す。

七回忌というものに宗教上どういう意味があるのかは知らないが、区切りは大事だ。切れ目なく続く物語に人は耐えられない。

仏間に座る中にぼくと同世代の者がいくらかいたが、知った顔はすくなかった。親戚と、あとは小・中学校の友人だろうか。彼女が高校に通ったのは実質一年ほどにすぎない。

宇都宮美織《うつのみやみおり》は高校のときとくらべて髪の色が暗くなっていたが、メイクはキャバ嬢みたいに派手だった。正座したお尻の下でストッキングの足がもぞもぞ動く。

七回忌は身内だけでやることが多いそうだが、ぼくはこちらから連絡して出席させてもらった。

こうした法要の場をずっと避けていた。ぼくは彼女の死をひとり占めしていたかったのだ。彼女の死はぼくにとって唯一の「本物」で、あらゆるものの基準だった。それを他人がどう思おうと知ったこっちゃないと思っていた。

だがそれだけでは心が鎮《しず》まらなかった。世間で行われている死者の悼《いた》み方でなければおさまらない部分が、死というものにはあった。ことばにしなくても、なんらかの身振りでそれを誰かと分かちあう必要があった。

ここに来るのに『俺ガイル』が背中を押してくれた。八幡《はちまん》が決断を下したとき、ぼくも動かなければならないと思った。彼女にはじめて手紙を送ったのも『俺ガイル』がきっかけだった。いつもぼくは物語に身を委ねていたのだ。

法要が終わって出前のお寿司なんかいただいたりして、ぼくは辞去《じきょ》した。

門のすぐそばにあるバス停に立っていると、寒さに身をすくめながら宇都宮がやってきた。

冷たくて触るのも嫌だという風に、ハンドバッグを指の先に提げている。

「ひさしぶり」

「うん」

「友達はいっしょじゃないのか？」

「まわりにいたの友達じゃないし。あれは真夏《まなつ》の中学のツレで、わたしは塾つながり」

彼女はぼくのとなりに立ち、大きなあくびをした。

「眠《ね》っむ」

「お疲れだな」

「夜勤明けだから。坊さんのお経の間、マジやばかった」

キャバ嬢の仕事も夜勤《いん》って言うんだろうか、なんてことを考えた。

「何の仕事してんの？」

「看護師」

「えっ？」

「赤十字にいるから何かあったら来な」

「あそこかよ。むかし行ったな、水疱瘡《みずぼうそう》かかったとき」

彼女はぼくの背後をすりぬけ、バスの時刻表を見る。かすかな甘い香がぼくの鼻をくすぐった。

「宇都宮《うつのみや》が看護師ってちょっと意外というか……」

「真夏《まなつ》が入院してるとき、いつも看護師にすごい感謝してたから、わたしもそうやって人のためになる仕事したいと思って」

ぼくが塩原《しおばら》の死を「本物」だ、大きな穴だなんて書いている間に、宇都宮はそこから何かを生み出していた。途切れた物語をつなげていた。べそかいてるだけだったぼくとは対照的に。

彼女は指にひっかけたハンドバッグを振り子みたいに揺らした。

「あのとき、ごめんね。傷ついたでしょ。もう見舞い来るなとか言われて」

「別にいいよ」

ぼくは手で鼻をこすった。

「わたしもあのあと来ないでくれって言われた。真夏、あの頃にはすごい痩せてて、いっつも苦しそうで、お母さんとかにもきつく当たるようになってた」

「それは……うん、そうなのかもしれない。でもぼくが思い出すのは優しくていつも笑ってる塩原だよ」

「それはわたしもそう。本当にいい子だった」

高校生なんてクソガキで、八幡《はちまん》やゆきのんみたいにめんどくさいことばかり言ってて、そんな年でみずからの死を予感していた彼女が痛ましい。

大きなトラックがぼくたちのすぐそばを通り過ぎていく。排気ガスの臭いに息が詰まる。

宇都宮がぼくに目を向けた。

「そういや、『俺ガイル』終わったな」

「え？」

意外なワードが出てきてぼくは驚いた。「なんで知ってんの？」

「ずっと読んでた。最初は真夏が貸してくれて」

「それぼくの本だな」

「でもあんたの書いたラブレターは見してくんなかった。毎回送ってきてたよね」

「いや、ラブレターとかじゃないけど」

ぼくはコートのポケットに手をつっこんだ。宇都宮がわずかにほほえむ。

「やっぱ最後ゆきのんだったなあ。わたしは結衣《ゆい》派だったんだけど」

「ああ……そういう人には残念な結果だったよね……」

「家に行ってタルト作るシーンで『あっ……』ってなったんだよ。いい雰囲気になるの早いよって。まだ四〇〇ページくらい残ってるのに」

「それ言うならぼくもけっこうハラハラしたけどな。まだページ数あるのに告白成功しちゃって、このあと変などんでん返しとかやめてくれよって」

駅の方に向かうバスが来た。ガラガラだったので一番うしろの席に並んで座る。

彼女はハンドバッグから真っ白なハンカチを取り出して鼻に当てた。細いベルトの腕時計が肘《ひじ》の方にすこしずり落ちた。

　ぼくはネクタイの結び目を直した。

「駅に着いたら、どこか座って話さないか？　誰かと『俺ガイル』トークするのひさしぶりだから、もうすこし話したいなって」

「別にいいけど」

　彼女は一度スマホを見た。「じゃあ俺ガイルＦｅｓ行ったときの話するか」

「あれ行ったの？」

「行くだろふつう。江口拓也《えぐちたくや》に早見沙織《はやみさおり》に東山奈央《とうやまなお》だぞ。渡航《わたりわたる》もいたし」

　彼女は真っ赤な唇をとがらせながら言う。

「ああいうイベント、ひとりじゃ行けないんだよな」

「じゃあ天龍寺《てんりゅうじ》の竹林は行ったよな？」

「あそこ行ったの？　戸部《とべ》が海老名《えびな》さんに告ろうとしたとこでしょ？　京都まではちょっと行けないなあ」

「行くだろふつう。聖地だぞ」

「ふつうって何なのかわかんなくなってきた」

　ぼくはふつうの人間だ。なんら特異な点はない。誰にも羨《うらや》まれないし、誰にも影響を与えない。

でもぼっちじゃない。『俺ガイル』読者はみんな、ぼくの潜在的な友人だ。

あるシリーズを読み続けることは物語に似ている。

ぼくもまた、ひとつのささやかな物語だ。

孤立した物語も途切れた物語も、いつか別の物語につながっていく。

ぼくたちは「本物」に向かって歩いていく。

あなたを救えなかったぼくが言うのはおかしいけれど、そこにたどりついたとき、どうかぼくを救ってほしい——ディスティニーランドでゆきのんがしたように、ぼくは彼女に希《こいねが》う。

「なんかおまえ浅いな。聖地巡礼千葉ツアーからはじめなきゃ駄目だな、これは」

宇都宮《うつのみや》がスマホをいじりながら言う。

信号で停止していたバスが体を揺らして走りだす。ぼくはまた彼女に手紙を書きたいと思った。今度はあたらしい物語についての手紙だ。

駅が見えてくる。きっとまたぼくの足は自然とあの書店に向かう。

そこからはじまる物語がどんなものかはわからないけれど、もう決して締め出されも途切れさせもしないのだとぼくは決意していた。

了

やはり、船頭の多い舟は山に登る。

王雀孫

『99日後に死ぬLVカンストの俺が騎士団を追放されてスローライフを送りながらダンジョンで無双して悪役聖女と魔王討伐』


「もう懲《こ》り懲《ご》りだ！　貴様はこの国から出ていけ！」

とても強いグレータードラゴンをやっつけたとき、俺はいきなりひどいことを言われた――

「いつもいつも、貴様の行く先々には必ずやばい災厄が訪れる！　この死神野郎め、これ以上のすごくやばいやつを我が国にもたらすな！」

「フッ、そうか……」

びっくりして失笑が漏れた――人はびっくりするぐらいの悲しみに直面したとき逆にびっく

りして笑っちゃうという。とても無敵無敗の俺と言えども例外じゃなかったみたい。

災厄が訪れる地を予見し得るこのすごい罪科《スキル》と、ただ人々を救いたいだけの純粋な正義感が、そんな感じに思われちゃっていたのはとても悲しくて俺は笑ってしまった――

「フッ、了承した。さらばだ、汝《なんじ》らに幸あらんことを――」

そうして俺は、生まれ育った愛する国を離れた――

――運命の夜まで、あと99日。

×　　×　　×

「なにこれ」

それを読み終えた俺の率直な感想は四文字だった。思わず敬語も忘れていた。なにこれ。渦巻く無数の疑問は、かえってシンプルに集約された。あるいは感想ではなく、言語の体《てい》を為した溜息《ためいき》だったのかもしれない。

「先生？　あの、何ですかこれ？」

一拍待っても返答がなかったので、俺は駄文の出力されたＡ４用紙の束から顔を上げた。机を挟んで、国語教師・平塚静《ひらつかしずか》の泰然とした表情が待っていた。

「何とは何だね。比企谷《ひきがや》、質問は明瞭に投じるものだ」

「俺はいま何を読まされたんですか？」

オーダーに応じ、俺は改めて明瞭に問う。

「小説だ」

改めて明瞭な答えが返ってきた。

「小説……ええ、まあ、そうなんでしょうけど一応」

俺は紙面に目を戻す。ぱらり、ぱらりと、上から数枚分をめくっていった。やたら鼻で笑う主人公のシリアス珍道中がダイジェストで流れてゆく。やけに「フッ」という台詞《せりふ》が多かった。笑い方のパターン少ないな、この主人公。そして敵も味方も、口調が妙に芝居がかってる。舞台演劇のトーンで脳内再生されるぞ。あと文語と口語が入り乱れてて文字酔いする。あと句読点感覚でダッシュを使うな。あと罪科《スキル》ってなんだよ。とにかくツッコミどころに尽きない。だから総じて——

「なにこれ」

その四文字に帰結するのだ。

「文芸部の機関誌に掲載される原稿だ」

平塚《ひらつか》先生がようやく建設的な回答をくれた。

「拙《つたな》いところはあろうが、大らかな心で受けとめてやれ。創作活動を始めて間もない一年生部員たちの作品だ」

「さくひん」

日本語は懐《ふところ》の広い言語だなあと思った。

「で、なぜ俺にこれを？」

「比企谷は同年代の平均に比べて読書量が多い方だろう。そこまで読んだ限りでいい、どう思った？」

「はあ」

正面から真顔で感想を求められると、俺にも人の心はあるので多少は口が重くなる。子ども笑うな、来た道だ。相手はビギナーというパドック情報が入ってしまったので、まともに批判するのも大人げない。と思われそうだ。

「いいんじゃないですかね」

文頭の「どうでも」は省いて伝えた。

「とりあえず、面白いものを書きたいっていう意欲は伝わってきます」

なんなら意欲しか伝わってこない。とにかく売れたいという意欲。売れるためなら目についた人気要素ぜんぶブッ込みますという意欲。要素ギャン盛りの節操ないタイトルからして、そんな鼻息荒めの必死な願いが詰め込まれている。たぶん一周まわって「タイトルｗｗｗ」みたいな笑われポジを狙《ねら》ったのだろうが、その透けて見える小賢しさのせいで中途半端に一周まわりきれず、ただただ普通にドン滑っている。

「奥歯に物が挟まった言い方だな」

「いやべつに。いいと思いますよ」

ふたたび「どうでも」は省いて伝えた。

「ほう」

平塚《ひらつか》先生の短い相槌《あいづち》は「そうなんだ」ではなく「それでそれで?」のニュアンスだった。俺は更なるコメントを求められていた。まじかよ。今日は随分と欲しがるな、この人。

「まあ意欲っていうか、もう、とにかくバイブスですよね。その熱量がすごくて。技術なんて関係ない、これが俺のヒップホップだっていうところで、僕はこちらを上げさせていただきました」

すでに自分発信のコメントは尽きていたので、昨夜たまたま観たラップ対決番組の審査員を憑依させて締めの言葉と代えさせていただいた。あとはジブさんがモンスタールームへ繋《つな》いでくれるはずだった。

「なるほど。他には」

しかし静《シズ》さんはしつこかった。尺という概念がなかった。

「他には?」

俺は思わず鸚鵡返《おうむがえ》ししていた。もうねえよ、の婉曲表現でもある。

「らしくないな。まだ思うところがあるんじゃないのか？　過不足なく述べていいぞ」

「じゃあつまんない」

許可が出たので、お言葉に甘えて俺は食い気味で答えた。

「つまんないし、なんならしんどいです。この先面白くなる気配もないし、一話アバン切り余裕っす」

「なるほど」

俺の正直な感想に、平塚先生は予測していたかのごとく平然としていた。

「では参考までに、どうつまらないのか聞かせてくれ」

国語教師は妙なことを知りたがった。俺は紙束をぱさりと机の上へ戻す。

「そうですね、つまらないことがつまらないですね」

ただつまらない。漫然とつまらないのだ。

目を疑うほどのトンデモ文章が踊るわけでもなく、押しつけがましい作家性が行間から滲《にじ》んでいるわけでもない。読んでいてただ時間だけが過ぎてゆく、虚無タイプのつまらなさだ。

というようなことを、つらつら述べ散らかした。

「そうか。流石《さすが》だな、比企谷《ひきがや》」

「え……？」

比企谷八幡《はちまん》が誉められることなどそうはない。直感的にこれは罠《わな》だと悟った。俺は語るに落ちたのだ。

「そこまで問題点が分かっている君なら、この作品を面白くすることも出来るだろう」

「いや、そのりくつはおかしい」

そんな道理が通るならインターネットは一流作家、一流編集者ばかりになってしまう。俺たちは責任を追わない立場だからこそ客観的に真理を語れるのだ。さあみんな、今日も世界を是正するために匿名で糞アニメや糞ラノベを叩《たた》こうぜ！

などと俺が、胸の内で正義のネット義勇軍ごっこ（実際にやったことはないです）をしているうちに。

「見たまえ」

例の紙束を拾いあげた平塚《ひらつか》先生が、その中からいちばん下の一枚を抜きだして俺に差し出した。

×　×　×

「くそっ！　この男、強すぎる！」

「レベル20台のオレたちが手も足も出ないなんて！」

俺の壮絶な剣技に、野盗どもは膝と声を震《ふる》わせていた——

「フッ、悪いな。俺のレベルは――カンストだ」

それより速く、岩をも砕く大剣を一閃――

ズバァァァァッ――――！

――疾風が走り、刹那の沈黙。敵の群れはばたばたと崩れおちた。

勝利のあとはなぜか虚《むな》しい――静寂の戦場から去るべく、俺は踵《きびす》を返した。

「あ、ありがとうございます聖騎士さま！」

その背中に可憐《かれん》な声が追いすがった――名も知らぬこの辺境で、野盗に襲われていた村娘だ。

「フッ、聖騎士か――」

だが今の俺は、その懐かしい称号で呼ばれる資格を失した――一介の旅人。

「面白い女だ――気を付けて帰れ」

――運命の夜まで、あと24日。

×　×　×

相変わらずダッシュがうるせえな。

あと女、なんか面白いこと言った？

あと冒頭から75日経ってるみたいだけど、まだそんな日常回みたいのやってて大丈夫？　もう魔王出て来た？

「どうだね」

「いいんじゃないですか」

またしても感想を求められた俺は、またしても適当に答えておいた。

「そうじゃない」

しかし平塚《ひらつか》先生は首を横に振った。

「カウントダウンが『あと24日』で終わってるだろう。しかし、それは最後の1ページだ」

「ああ、そうですねえ」

続きがまったく気にならないので気付かなかったが、たしかにその通りだ。この場に物語の結末は存在しなかった。残りは鋭意制作中なのか、あるいは志《こころざし》なかばでエタってしまったのか。

まあ、どうでもいいんですけど。

「この続きを何とかしてほしい」

「は？」

平塚先生は突拍子もない冗談を口にした。およそ冗談を言っているような表情には見えないが、しかし冗談としか思えない発言なのだからきっと冗談なのだろう。

「は？　は？」

俺は二度三度と「は？」を繰り返した。平塚先生が「なーんちゃって」とオチを付けてくれるまで続ける所存だった。

「比企谷《ひきがや》、ここはどこだ」

「どこって……いや、奉仕部の部室ですけど」

部員二名が所用につき、今日は俺一人しかおりませんが。

「そうだな。そうだろう。その通りだ」

俺の答えに、平塚先生は満足げに頷《うなず》いた。

「というわけだ。この未完の原稿を何とかしてほしい――これが文芸部の有志から預かってきた、奉仕部への依頼だ。しっかり務めたまえよ。以上」

「いやいやいやいやいや」

俺は千切れんばかりに首を横に振った。いっそ千切れて飛んで平塚静《しずか》の顔面にずびしと直撃してほしかった。

「何言ってんの、全然意味わかんないです。何とかしろって、ええ、何その雑な指定……いや、じゃなくて、コレ文芸部の作品なんですよね？」

「ああ、文芸部一同によるリレー小説だ」

「リレー小説？」

複数人で順々に書き連ねてゆくという、あの？

言われて改めて原稿をぱらぱらめくると、筆者それぞれの署名こそないものの、なるほど、段落ごとに筆致の……というか筆力の差異があるような気はした。ほとんどが未熟な習作レベルなのだが、中にはちらほらまっとうな文章もある。

「気付いたかね。そう、その中には、実力者とそうでない者が混在している」

そう言って平塚《ひらつか》先生は、俺の手にあるOA用紙の束を顎《あご》で示した。

「そこも一つの社会の縮図だ、格差があればいろいろ軋轢《あつれき》も生まれる。端的に言って、いま部内の空気が澱《よど》んでいるそうだ」

「ほーん……要はガチ勢とエンジョイ勢が若干ギスギスしてるってことすかね」

そりゃまあ平均レベルがアレじゃなあ……という硬式文芸部への同情と、あんまり意識高いの引くよね……という軟式文芸部への共感が同時に湧いた。どっちの心情も理解はできる。

でも、どうなんですかね。せっかく同好の志が一所に集まっといてギスギスするとか、それはもはや何のためのコミュニティか分からない。やはり人は群れ成すべきではないのだ。ぼっち最強論がまた一つ強度を高めてしまったな……。

「そんなわけで、もともと部内団結を謳《うた》って企画されたこのリレー小説も、いまや揉《も》め事の種でしかないらしくてな」

「じゃあそんなもん、もう中止にしたらいいんじゃないですか?」

どうせ完成させたところで大した出来にはならなそうだし。

「簡単に言うな。中止案を採択すれば、継続派にしこりが残る」

そこでまた揉めてるのかよ。めんどくさいな。やはりぼっち最強。

「例えばの話だが、比企谷《ひきがや》が敏腕アドバイザーとして参加し、この作品のクォリティを全体的に底上げさせる、という選択肢はどうだろうか」

平塚先生が試すような笑《え》みを見せてきた。

「ヤですよ」

めちゃくちゃヤですよ。俺をなんだと思ってるんだ、この人。そんな能力も神経も持ち合わせてないですよ。

「だいたい部外者の素人《しろうと》がそんなとこ介入したら余計に空気悪くなるでしょ」

言いながら一瞬思う。もし仮に共通の敵でも出来れば、部内の結束は高まるのだろうか。息を吐き、視線を転じる。いつものティーセット。この部屋に、紅茶の香りは今はしない。

「その選択肢はナシの方向で」

俺はきっぱりと答えた。

「まあ、そうだな」

平塚先生は優しげに表情を崩した。

「それ以外の方法がいいだろう。とにかく何とかしてやってくれ、頼んだぞ奉仕部」

「えぇー」

まるで選択肢豊富みたいに言ってくれるんだよなぁ……。

「いや、ていうか。今日はまだ他の二人が来てないし、俺の一存で勝手に依頼を受けるってのもちょっと」

「いいじゃないか、彼女らには平塚《ひらつか》案件だとでも言っておけ」

「いや、まるで平塚案件ではないかのように言いますけど、むしろコレ、顧問から部員に対する何らかのハラスメントですからね？　え、このご時世に大丈夫ですか？」

「では、よろしく頼んだ」

俺がコンプラ棒をちらつかせると、平塚容疑者はそそくさと部室を出ていった。

独り残された教室で、俺は平塚先生の置いていったＯＡ用紙の束を眺める。

「はぁ……」

流れるように厄介《やっかい》事を押しつけられてしまった。しかし、これが部活動――仕事だと言われてしまえば仕方ない。平塚先生のモラハラ擬《もど》きによって社畜精神をすくすく育《はぐく》んでいる俺は「仕事だから論法」には逆らえないのだ。もうほんと仕事って悪。

さりとて幸い、俺には小説家志望一名との奇縁がある。あの男なら日ごろ読者にも飢えているみたいだし、とりわけこの手のジャンルには適性があるはずだ。質はさて置き。

そうして帰宅後、俺は材木座義輝《ざいもくざよしてる》に連絡を入れた。

×　×　×

『99日後に死ぬLVカンストの俺が騎士団を追放されてスローライフを送りながらダンジョンで無双して悪役聖女と生涯幸せに過ごしました〜復活の闇黒四天王編〜』

一方その頃、夜の帳《とばり》が下りた魔界神殿《デモニウム》。

艶《つや》光りする祭壇に、降りてきたのは異端審問官《ジャッジメント・ワン》。

「時は満たれり……目覚めよ、同胞」

声に呼応し、闇より出でし影は泡沫。

「ヒョヒョヒョヒョ、千年ぶりノ重力は堪《こた》えマスねェ」

燃える冷気。凍える炎。永劫続く二律背反。

「うーん、いい暗闇《てんき》！　ねえねえ！　私ってば、ちょっと殺《あそ》してきてい一い？」

溢《あふ》れる魔力素子《マナ》は、留まることなき時間《ながれ》の奔流。

「ククク……待たせたな、遥《はる》けき故郷の末裔たちよ」

街道を往く不運な旅人が最期に見た景色は——

「ひ、ひぃぃぃぃぃ！　お、おまえは何者だァー！」

——偉大なりし英雄、真理の旅人。

「フハハハ！　我《われ》こそは隻眼の魔竜！　闇黒四天王の一人にして『闇を這《は》うもの』、影と腐敗を支配《コントロール》する混迷のザイモックなり！」

世界はその日、永い終わりを始めた。


——運命の夜まで、あと９日。

×　×　×

「なにこれ」

それを読み終えた雪ノ下雪乃《ゆきのしたゆきの》の第一声は四文字だった。

問い詰める視線を無視して、俺は平塚《ひらつか》先生よろしくすっとぼけた。

「何って何だよ。質問は明瞭にしてくれ」

「…………」

ふうと雪ノ下が薄い息を吐く。

「では改めて問うわ。私はいま何を読まされているのかしら」

「小説だ」

「小説……ええ、まあ、そうでしょうけど一応……」

身に覚えのある言い淀《よど》み方だった。

「とある作家志望の二年生男子が提供してくれたものだ。拙《つたな》いところはあるかもしれないが、それでも当人的には全力で挑んでいる魂の作品だ」

「さくひん」

雪ノ下はふたたび原稿に目を戻した。眉間《みけん》に細い皺《しわ》が寄ってゆく。

「これが作品……そう、日本語って懐《ふところ》の広い言語ね」

俺は焦燥《しょうそう》感に駆られた。よもやこの女、俺の取ってきた原稿を没にするようなことはあるまいな……？

だが、雪ノ下の反応もよく分かる。俺だって昨夜、材木座《ざいもくざ》から届いたこの原稿に目を通したときは、その噎《む》せ返るような自己満足臭にあてられて、眉間に深い皺を刻んだものだ。ところで厨二病の子って体言止め好きだよね。

ちなみに、雪ノ下はまだ最初の１ブロックを読破したに過ぎない。あの子、材木座先生のパートはあと9ブロック続くって聞いたらどんな顔するんだろう。

ともあれ、それは前夜の俺だ。読者・比企谷八幡《ひきがやはちまん》だ。

いまの俺は編集者・比企谷八幡。それも相当に意識の低いクソ編集者だ。もし現実だったら、担当作家を無意識のうちに傷付けてSNSで大暴露ショウを展開されるタイプの編集だ。

しかも、いい本を作ろうなどという理想は持ち合わせていない。作家は業者・読者は顧客と割り切り、日々とにかく仕事を滞りなくこなしてゆくことしか考えていない。そういう編集に私はなりたい。いや、べつになりたくはないが、仕事を楽に終わらせる為なら俺は心を殺す。材木座《ざいもくざ》の原稿も全力で擁護《ようご》してみせる。

せっかく俺が下げたくもない頭を下げ、巧言令色《こうげんれいしょく》を弄《ろう》して、騙《だま》し騙しなんとか書かせた原稿だ。ある種、我が子のようなところがある。この際、作品自体の出来については問わない。むしろ出来の悪い子ほど可愛《かわい》いとも言う。俺はこの子を守りたい。そしてとにかく仕事を終わらせたい。

俺単独で始まってしまった本件において、雪ノ下雪乃《ゆきのしたゆきの》との合流はたいへん心強いものだった。能力の優秀さを考えれば、ミッション完遂への特急券を手に入れたと言えよう。

だが雪ノ下は、ときに完璧《かんぺき》を目指すきらいがある。少なくとも本件においてその思考は不要だ。クソベースの素材はいかに調理しようと味噌《みそ》にはならない。であれば、もはやクォリティに目を瞑《つぶ》り、ただ納品することだけに邁進すればいい。

文芸部の機関紙に、部外の人間が寄稿する。そうしてとにかくこのリレー小説は完結させる。それであれば中止派と継続派、どちらかを立てたことにはならない。

クォリティについては、ゲスト原稿のせいで著しく下がったということにしてもらって一向に構わない。むしろそう喧伝《けんでん》するつもりだ。そうなれば文芸部のブランドを気にしている実力派の面目も保たれる。作品の平均点が下がることで、非実力派の肩身の狭さも軽減されることだろう。無論そうそうすべて上手く行くとは考えにくいが、その辺は誠実な仲介人こと平塚《ひらつか》教諭に上手いこと振る舞ってもらおう。言っても平塚案件なのだから、そのぐらいはしてくれるに違いない。

以上が、今回の依頼への対応策だ。

っていう話は、すでに雪ノ下にも通達済みなのだが。

「分かってるよな？　クォリティはどうでもいいんだからな？」

「そうは言っても、最低限のラインはクリアしておかないと色々と別の不都合が生じるわ」

いや、それは確かに一理あるかもだが……最低限のラインってどのくらいだろう。ふわっとしていて、とても不安。

「じゃあ、まず基本的なところを確認させてもらうわ」

雪ノ下が、手にしていた原稿をとんとんと整えた。そしてぺらりと一枚めくる。材木座先生の欠席裁判が始まった。

「まず、この隻眼の魔獣とやらは何なの」

雪ノ下《ゆきのした》の涼やかな声が、今はやけに冷たく響いた。

厳密にいえば魔獣じゃなくて魔竜だったはずだが、正直どっちでもいい。なんなら名前などなくていい。所詮モブなので。しかし、とりあえず聞かれたことに回答しない理由もなかった。

「そいつか。そいつは闇黒四天王の一人にして『闇を這《は》うもの』、影と腐敗を支配《コントロール》する混迷のザイモックだ」

「そう。それは良かったわね」

何故《なぜ》だろう。俺はただ他人が書いたものを読み上げただけなのに、なんだか無性に肌の火照《ほて》りを感じる。もうちょっと棒読み感、というか読まされてる感を出すべきだったかもしれない。俺はサイドの髪を引っ張って、赤くなっているであろう耳に被せた。

「でも、聞きたいのはそういうことではないの」

そういうことではないのなら、速やかに止めてほしかった。なぜ『混迷のザイモックだ』まできっちり言わせきったのだろう。Sなのかな？

「では質問を変えるわ。このザイモックとやらの、作劇上の役割は何かしら」

役割か、なんだっけ……俺は材木座《ざいもくざ》の原稿をすわっすわっとスワイプ（物理）しながら再確認する。混迷のザイモックさんは「世界を闇に包まんー」とか言ってイキり倒していた。

「世界を闇に包みたい系の悪モンらしい。本人がそう言ってる」

「それは物語上の役割でしょう。私は作劇上の役割を知りたいの」

「ああ、そっちね」

どっちだろう。とりあえず、雪ノ下先生は理論でドラマツルギーを理解したい人のようだ。ハリウッド式脚本術とか読んでそう。

「これを書いた男子生徒——あえて作者と呼ぶけれど、私が知りたいのは作者の狙《ねら》いよ」

雪ノ下は白い顎《あご》にこぶしを添えて考えこんだ。

「物語の終盤に差しかかっているこの段階で、新たな登場人物を四人も出してきたのよ。おそらくドラマの構成に関わる、なにか大きな意図があるのではないかしら」

「いや、ないと思うぞ。材木座だし」

あいつが作劇理論とか勉強してるとは思えない。まとめサイトで興味ないコンテンツの情報までチェックすることとかを勉強って呼んでそう。あと、関係ないけど、目的もなしにアニメショップ見て回ることを市場調査って呼んでそう。

「闇黒四天王（笑）は大方アレだろ。自分のネタ帳に蓄えてたオリキャラ出してみた、とかその程度のノリだろ。材木座だし」

気付けば俺は、いつの間にやら材木座先生の擁護《ようご》を放棄していた。まあいいか。材木座だし。

「じゃあ今回のお話は、作劇上のノイズということで処理した方が良さそうね……」

なにやら雪ノ下監督は、作劇上の刃物を研いでいるようだった。闇黒四天王編、人知れず完。

「ところで、肝心の主人公は何をしているのかしら」

「あの一生鼻で笑ってる男、肝心というほどの活躍はしてるのか?」

ぶっちゃけ俺は未読勢だった。

「どうかしら。悪党を成敗して囚われの女性を救い出すという流れなら、すでに十回以上は繰り返しているわね」

「詳しいな」

「依頼を果たしたら5秒で忘れてみせる自信があるわ」

それでも雪ノ下《ゆきのした》はちゃんと読んでいるようだ。すごいな、あれを読むのはなかなかの拷問のはずだ。Mなのかな?

「ていうか、あの行き当たりばったりリレー小説にも、一応ストーリーラインらしきものが存在していたことに驚きだ」

いよいよもって、闇黒四天王編とは一体なんだったのか。

「……比企谷《ひきがや》くん、まさかとは思うけれど」

ふたたび雪ノ下監督の声が一段冷たくなった。

「一応、全体プロットには目を通しているのよね?」

「ふぇ?」

返答に詰まって、思わず萌《も》えキャラみたいな声が出てしまった。

「………」

監督の瞳がみるみる呆《あき》れ色に染まった。

「知らなかった。へえ、そんなのあったのか」

「ないけどあるわ」

「何それ哲学？　なぞなぞ？」

雪ノ下は俺の言葉を無視したが、代わりに例の紙束から一枚引き抜いてよこしてきた。それを受け取り、ざっと目を通してみる。

「……なるほど、あるけどないな」

「ええ」

全体プロット（予定）と銘打たれたそこには、例のドン滑り長文タイトルをそのまま3～4倍ぐらいの文字量に引きのばした程度の雑な梗概《こうがい》が綴《つづ》られていた。

つまり、形としてはあるけれど、中身はないに等しい。

「見て損した」

「そうね」

やはりこの案件はさっさと片付けるに限る。俺は決意を新たにした。

×　×　×

『99日後に死ぬLVカンストの俺が騎士団を追放されてスローライフを送りながらダンジョンで無双して悪役聖女と生涯幸せに過ごしました～世界征服編～』

入念な事前工作と情報収集に基づく圧倒的に優位な状態で始まった最終決戦の末、魔王を殺した。

論理的に考えると、四天王が魔王より強い道理はないため、四天王もすぐに殺した。

残った敵ももちろん殺した。

その他、これまでに出会った敵、これから出会うだろう敵、なぜかモノローグで予告されていた敵、ひとりよがりな伏線が張られていた敵、序盤のほうで因縁をつけただけで回収を忘れていた敵、中盤でなんとなく放置された敵、終盤で急に顔見せをしてきた敵など、現段階で思いつく限りの敵も殺した。

また、良く言えば複雑で悪く言えば支離滅裂な人間関係が生み出した敵、極めて歪《いびつ》で非現実的な社会構造が生み出した敵、有象無象《うぞうむぞう》の愚鈍な民衆が生み出した敵など、物理的な敵性生物以外の分野で障害となりそうな敵も殺した。

なおかつ、精神面での諸問題に由来する、いわゆる内因性の障害としての敵も殺した。

結局のところ、俺の前に立ちはだかる敵は全て後腐れなく殺した。

「勝利とは、いつも虚《むな》しいものだな」

魔王打倒という目的を果たした後、なすべきことは世界の支配だろう。

それを実現するために必要なステップは三段階あり、またその三段階をさらに進捗《しんちょく》ごとに三分割することができる。

これより順番に論ずるものとする。


——運命の夜まで、あと7日。

×　×　×

「なにこれ」

それを読み終えた由比ヶ浜結衣《ゆいがはまゆい》の第一声は四文字だった。

問うような視線を無視して、俺は再びすっとぼけた。

「何って何だよ。質問は明瞭にしてくれ」

「…………」

うーん、と由比ヶ浜《ゆいがはま》は困ったように眉根《まゆね》を寄せた。

「えっと、だからホント、このコレ……なに？」

「小説だ」

「う、うん。それはまぁ、なんとなくわかるんだけど……」

身に覚えのある言い淀《よど》み方だった。

「とある冷血動物の二年生女子が提供してくれたものだ。別に全然求めてないんだけど、本人的には全力を尽くした結果ちょっと今回ばかりはあんまり上手くいきませんでしたね……的な側面は否めないものの魂の作品だ」

「さくひん」

由比ヶ浜はふたたび原稿に目を戻した。眉尻《まゆじり》が下がり、どこか悲しげな色が表情に帯びていく。

「あっ、全然関係ないんだけど、『日本語って懐《ふところ》広いですよね〜』って最近ミヤネヤで誰かが言ってた」

「いや全然関係なくないだろ」

前後で文脈繋《つな》がりまくりだろ、それは。

だが、由比ヶ浜の気持ちもわからんじゃない。

奉仕部の沽券《こけん》に関わる、などと言って妙なこだわりを見せた雪ノ下《ゆきのした》が一晩で書き上げたものがコレだ。

ツッコミどころは多々あるが、ただひとつ言えることはそう。作劇上のムダを厭《いと》うあまり、あいつがムダと断じた箇所は徹底的に削除されていた。結果、無情にも冒頭で魔王が死んだ。四天王もついでに死んだ。ていうかもうありとあらゆる敵が殺して殺して殺され尽くした。ゆきのんはサイコなのん？

斯様《かよう》に鮮烈極まる文章を、しかし健気にも由比ヶ浜はフォローしようと拳《こぶし》を握った。

「うん、まぁ……で、でも、ゆきのんらしいっちゃーらしいよね！　こう、ムダがないっていうか」

「そうね。ムダと思《おぼ》しき登場人物、怒濤《どとう》の勢いで綺麗《きれい》に処理してるしな」

その殺傷力たるや、小林製薬に目をつけられて、キャラコロリとか商品化されてもおかしくない。

「で、でもほら、そのおかげでめっちゃテンポいいよねこれ！　あっという間に読めちゃうっていうか！」

「そうね。めちゃめちゃテンポよく敵を殺したのち、とんでもないテンポで世界の支配に移行しちゃってるもんね」

世界征服のために必要な3ステップってなんだよ。書店にそんな啓発本並んでたら迷わず焚くね。焚く。その後に続く文面から垣間見える雪ノ下《ゆきのした》さんの潜在的願望には恐怖しか感じない。

「や、うん。まぁアレだ。たぶん、ここまでの小説があまりにゴミだったから、あいつもイライラしてたんじゃねぇの。知らんけど」

擁護《ようご》というわけでもないが、ひとまず俺はそうまとめた。いや訂正。落としどころとしてそうまとめる以外に、雪ノ下と今後付き合っていく方法はなかった。

まぁ、ともあれ。

「じゃ、そんなカンジでよろしく」

「へ？」

瞠目《どうもく》する由比ヶ浜《ゆいがはま》に原稿だけ押しつけ、俺は帰った。帰宅したのち、小町《こまち》とひたすらにダラけた。こんな毎日が続けばいい。明日は、も～っと楽しくなるよね！　ハム太郎？

「ちょっ、ちょっと待ってヒッキー！　え、よろしくってなに？」

と思ったら夢だった。家に帰っていたはずの俺の首根っこはむんずと由比ヶ浜に掴《つか》まれ、白昼夢は忽《たちま》ち露《つゆ》と消えた。

「いや、だから……言ったろ？　これリレー小説だから。で、いまお前にバトン回ったから。それじゃ」

それだけ言って俺は家に帰った。帰宅したのち以下略。

「いやいやいや、無理だよ！　あたし、小説とか全然読んだことないし！　ってか、そんなの書けるわけないからほんと！」

くっ。なし崩し的に責務を押しつけるというクソ上司ムーブで仕事を押しつけようと思ったがダメか。しかし、ここで断られるのはマズい。それでは、これまでの皆の努力がムダになる……ッ！　的な雰囲気でお願いしてみた。

「へっ？　あ、いや、わーっ！　わかったって、わかったからヒッキーッ！　や、やるから、床におでこつけようとするのやめて！」

ちなみに、お願いとは言外に土下座に近いニュアンスを含みます。

「由比ヶ浜、やってくれるか」

「う、うん。まぁ、やるだけやってみるよ。……でもどーしよ、みんなに相談してみよっかな……」

不安げに独りごちる由比ヶ浜に、流石《さすが》に申し訳なさを感じないでもなかった。

やはりこの案件はさっさと片付けるに限る。

俺は再び決意を新たにした。

×　×　×

『99日後に死ぬLVカンストの俺が騎士団を追放されてスローライフを送りながらダンジョンで無双して悪役聖女と生涯幸せに過ごしました～楽園追放編～』

「──お前、魔王を斃《たお》した英雄なんだって？」

バロンと名乗った宝石商が、柔らかな唇を耳朶《じだ》に押し当てるような恰好で囁《ささや》きを流し込んでくる。泡沫《うたかた》の弦楽器の調べのごとく、甘やかで蠱惑的《こわくてき》な声音《こわね》だ。背筋の粟立《あわだ》つ心地がする。

奇妙な男だ、と思った。

眩い光輝を放つばかりの高価な装飾品を幾つも身に着ける、放蕩商人のごとき風貌でありながら。羽根つき帽子の下では、涼やかな瞳が静謐《せいひつ》な色を湛《たた》えている。

黒曜石めいたその双眸《そうぼう》に見つめられるたび、全ての光が彼の内部に吸い込まれていくような錯覚に陥る。あるいは光のみならず、俺自身も、また。

「嗚呼《ああ》、不思議だな。斯《こ》うして居たら、お前は只の少年の様にしか見えないと云うのに」

「ば、莫迦《ばか》を云え──ッ！」

顎《あご》が知らず、持ち上がる。節くれだった指が、俺の頤《おとがい》をつつ、と撫《な》でている。

それはあたかもエデンの園に棲みつく黒蛇のように、禁断の果実を貪《むさぼ》らんと肌をぬらりと這《は》いだすのだ。

「英雄様の可愛《かわい》い顔を、誰にも見せない大切な所を――もう少し俺に打ち明けて呉れよ」

バロンのもう一つの掌が、俺の五指を組み敷いていく。いくら爪を立てようと、まるで敵いはしない。俺は無力だ。この男の前では、英雄の名が平凡なシーツの上に零《こぼ》れ落ちていく。

「――今、楽にしてやる」

指の動きに誘われるように、柔らかな突起が少しずつ硬いしこりを帯び始める。湿った水音が、身体《からだ》の内部で響く。あの節くれだった蛇に、楽園の泉の門が開けられたのだろう。

もう、エデンの園には、戻れない。

「は?」

なんで戻れないの。

いや意味わかんないし。

てか、意味わかんないし。

あーしムカついた。だから殴って帰った。そんで寝た。おわり。

#運命の夜まであと3日
#総武《そうぶ》高校文芸部
#99日後に死ぬ俺

#いいねした人で気になった人フォロー
#英雄好きな人と繋《つな》がりたい
#海老名《えびな》
#三浦《みうら》
#てか小説初めて書いたんだけど
#意外にいけんじゃん

× × ×

「なんだこれは」

それを読み終えた平塚《ひらつか》先生の第一声は、二文字増えての六文字だった。

問うような視線を無視して、俺は再びすっとぼけた。

「何って何すか。質問は明瞭に……」

そのとき、風が吹いた。頬《ほお》の横を掠《かす》める平塚先生の拳《こぶし》は、視界の端にかろうじて残像が掠める程度の早業だった。

「もう一度聞く。なんだこれは」

酷《ひど》い。自分だって同じ手法ですっとぼけたくせに。大人はズルいと思った。

「な、ななにって、ご所望の小説ですよ。これは由比ヶ浜《ゆいがはま》が書いた分ですが……」

「おい、比企谷《ひきがや》……」

その呼び声は、差し詰め地獄の底から這《は》い出る鬼のそれだった。

「君なら言わずともわかっているだろうが、この私に嘘《うそ》を吐《つ》くと為にならんぞ」

「は、はい、あの、流石《さすが》に由比ヶ浜ひとりじゃ荷が重すぎたようなので、ええ、友人諸氏の力を借りた的なそういうアレでして……」

「その結果、なんだコレは……？」

「……な、なんでしょう？」

闇鍋と呼ぶにはあまりにもアレ。混沌が混沌を呼ぶカオティックノベル爆誕。

もうツッコミを入れようにもツッコミどころしかなくて逆に手も足も出ない無敵要塞状態。ホント、もう、コレなに？

「いやぁ、つってもこういう小説もぶっちゃけありでは？　ほら、シュール小説といいますか」

ともあれ、提出した原稿が差し戻されるなど御免蒙《ごめんこうむ》る。編集として、俺は上がった小説の不出来さを機械的に見て見ぬフリして納品せねばならない。それが編集の仕事である。

「そもそも、なんだこの前半の文章は？　作者は常用漢字をいくつか使うと死ぬ病にでも罹患《りかん》しているのか？　……あぁ、いやそれはいい。それ以前の問題として、なんなんだこの脈絡なく登場した宝石商のバロンとやらは」

ええ、ですよね。由比ケ浜《ゆいがはま》、改め海老名《えびな》さんの筆致（たぶん）はそれはもう、なんというか迸《ほとばし》るお耽美《たんび》リリックがアレでアレだけれども、まずツッコむべきはそこですよね。

「はぁ。誰って、読んでの通り美男子キャラでしょう？　イケメンキャラは需要から鑑《かんが》みても欠くべからざるファクターですから。イケメンは無限にいて困らないですし、ソシャゲ化した際のシナジーを考えれば当然の方向性です」

「メディアミックスを想定している、だと？」

平塚《ひらつか》先生は俺の遠大なるマーケティング戦略に震《ふる》えていた。

「……いや、まぁいい。ツッコミどころの半分も処理していないのでな。というか」

と、あえて口頭で語るのは避け、平塚先生は紙面を指し示してみせる。

そこには、やれ『柔らかな突起が少しずつ硬いしこりを～』だの『あの節くれだった蛇に、楽園の泉の門が～』だのといった、センシティブな暗喩溢《あふ》れる文章群。

「こんなもの、教師である私が是正出来ると思うか？」

「え、なにがですか？　なんの話ですか？　いやー、僕ちょっとわかんないです。え？　平塚先生、あなたこの行間からなにを読み取ったんですか？」

比企谷八幡《ひきがやはちまん》、ここに来て圧巻のすっとぼけ。通称そこだけはちょっとフォロー出来ない。はちまんはよいこなのでえっちなことはわかりまてん。いや、迸るブンガク的表現に、なにを描写されてるかマジでよくわからんけども。

「そして、極めつきはここからだが……」

トン、と次頁へと手繰《たぐ》ると続けざまに指差した部位。

もう、エデンの園には、戻れない——たらいうお耽美リリックが頂点に達した直後からシームレスに立ち現れる怪文書テキスト。

ほら、やたら短文の。文頭に#とか付いてる……。

「いや、インスタか！」

冴え冴えと響くツッコミに、立場さえ忘れて首ちょん切れるほど頷《うなず》きたい気持ちだった。

もはや新進気鋭の鬼才作家が切り拓く新しすぎる表現技法かと見紛《まが》うレベル。『現代のSNSを小説として表現してみました』とかテキトー言っとけば、ともすれば三島賞狙《ねら》えるかもしれない。

縦ドリルさんこと三浦優美子《みうらゆみこ》、実にあっぱれな筆致だった（バカっぽい文章の婉曲表現です）。

とまれ、このカオスさにはさしもの敏腕編集といえどカバーしきれないものがある。

パラパラと平塚先生が頁を手繰っていけば、もはや収拾不可能な百日の冒険譚がダイジェストで流れていく。

それらを見ての所感は、もはやただひとつに集約される。

「……マジで、これどうすんの？」

マジで、これどうすんだよ。どうしようもねぇだろ。終わったわ。諦めよう。編集は諦めが肝心だ。どうせゴミ小説が世に出たところで傷つくのは作家の名前だけだし。いやぁ〜、作家さんって大変ですね〜。という境地である。

「そうそういないもんなぁ……こんな無茶ブリに応えてくれて、まともな文章が書けるやつなんて……」

「んんっ！」

「はあ、あと1ブロックなのになぁ……誰かいないかなぁ、グランドフィナーレを飾るに相応《ふさわ》しい人材は……」

「んっ、んんっ！　んんんっ！」

苦悩する俺の正面で、何故《なぜ》だか主張の激しい咳払《せきばら》いを繰り返す不審人物がいた。

「……え、なんですか先生」

ここまで謎にアピられては聞かざるを得ない。なんですかのカツアゲだった。

「いや、なんだその……彼女らの自由闊達な文芸活動に触れてるうち、私も少なからずかつての情熱を思いだしてな……」

「はあ」

平塚《ひらつか》先生はいつになくそわそわと身をよじっていた。

「私も国語教師としてそろそろキャリアが長い。こう見えて昔、夢小説界隈《かいわい》ではサイレンシズカと呼ばれ……」

「いえ、もうそういうのは大丈夫です」

そういうのが続いて収拾がつかなくなっちゃったから困ったね、というのが現在の議題です。

「そうか……」

しょぼん。項垂《うなだ》れる平塚先生の肩に、ゆめかわなフォントのオノマトペが見えた。ときどき可愛《かわい》いんだよな、この元文芸少女。

「しかし、そうなると――」

ふたたび顔を上げたとき、平塚先生は国語教師あるいは奉仕部顧問に戻っていた。

「――比企谷《ひきがや》。君が自分で書くしかないだろうな」

「ですよねー……」

そのオチはぶっちゃけ見えてた。

×　×　×

カタカタと響くタイプ音。

もうどれほどの時間、こうして自室でＰＣに向かっているだろう。

平塚先生からの無茶ぶりを受け、一度は萎《な》えていた気持ちもいまや遠い。

己が手から、新しいなにかが生まれる。

誰か、名前も知らぬ誰か、顔を知る誰かから繋《つな》いだバトンを受け、そうして物語は終局へと向かう。

その感覚は、意外にも俺に心地よく馴染《なじ》んだ。

驚くほど流麗に指が動く。文章が踊る。なにかが形作られていく。

——書く喜び。

胸に去来する名状しがたい感情に、あえて名前をつけるのならそれだろう。

そうして、俺たちの長いようで短い百日間の冒険は、いよいよフィナーレを迎える。

それが惜しいような気持ちさえ、いまの俺のなかにはあった。

名残《なごり》惜しむように、俺は己の紡《つむ》いだ文章に再び視線を移して——。

案外、葉山隼人の気の迷いは長い。

川岸殴魚
挿絵：ななせめるち

月曜日。放課後の教室。

昨日、練習試合だったためにサッカー部の練習はオフ。

葉山《はやま》隼人《はやと》は喧騒《けんそう》の中、独り自分の席で一冊の本を読んでいた。タイトルは『近代哲学入門、実存主義、構造主義からポストモダンへ』。昼休みに図書室で借りてきたばかりの本だ。

しばらく文字を追っていた隼人だが、いまいち気持ちがのらず、窓の外に視線を移す。

空には秋らしくぽっかりと浮かぶうろこ雲。

その雲を眺めながら小さくため息をつく隼人。

「隼人くん、どうしたのよ。なにその切ない感じ？」

声をかけてきたのは戸部《とべ》翔《かける》。

クラスの友人であり、隼人と同じくサッカー部の部員でもある。

「別に読書してるだけだよ」

「んー？　なによ……哲学？　うへー、難しい本読んでんね」

「いや、あくまで入門書だよ。哲学者ごとに簡単に思想がまとまってる。ハイデガー、ヴィトケンシュタイン、ドゥルーズ、ガタリ」

「え、なに!?　っべー、何かわかんないけど、みんな強そうな名前じゃん。パンチ力とかヤバそうだわ」

「あ、ああ……そうかな」

隼人は戸部にこれ以上の解説は無駄だと判断し、適当に愛想笑いで話題を終了する。

一方の戸部も話したかったのは哲学についてではないようだ。

「そのなんとかデッカーはさておき、隼人くん大丈夫？　さっきからずーっと浮かない顔してんじゃん？　だからさ、なんかあったのかなーって」

「ああ、うん……まあな」

戸部の指摘の通り、隼人の気持ちはずっと沈みっぱなしだった。

それもあって哲学書を借りてきたのだ。

そして、沈鬱《ちんうつ》な気分の理由は……。

「まさか、あれ？　昨日の練習試合のこと？　もしかしてあれまだ引きずってんの？　負けちゃったのは残念だけどさ、しょうがなくね。相手県ベスト4だし、隼人くんとマッチアップした6番、向こうのキャプテンだし、元Jリーグのユースらしいし」

「ああ、聞いた。そうらしいな……」

「だったらしゃーないじゃん。そこは切り替えよ」

昨日の日曜日に行われた総武《そうぶ》中央工業高校との練習試合。

結果は3対0。

エースである隼人《はやと》が相手のキャプテン、ボランチの高田《たかだ》に抑え込まれ不発。

スコア的にも内容的にも完敗だった。

落胆し、悔しがるチームメイトの姿。

しかし、試合をやれば全力を尽くしても負けることは当たり前にある。

もちろん隼人も試合ではじめて負けたわけではない。

悔しいことではあるものの、サッカーをやっていれば当たり前の光景のひとつ……。

が、隼人はいつにもなくどんよりとした気持ちを引きずっていた。

「来週も市川南《いちかわみなみ》と練習試合あんだからさ。切り替えないと。次は勝って気持ちよく終わろうぜ」

戸部《とべ》は葉山《はやま》の肩をバシバシと叩《たた》き、部のムードメーカーらしく隼人を鼓舞《こぶ》する。

しかし、それでもなお隼人の表情は暗い。

——そもそも悩んでる点は勝ち負けではないのだから。

「戸部、あのさ……」

「どした隼人くん」

「あの6番……高田だっけ」

「だから、あれしょうがないよ。あいつやべーっしょ。反則っしょ」

「たしかにフィジカルもテクニックもレベル高かったし、その上、視野も広かった。しかもスタミナがあって後半も動きがまったく落ちない」

「ほんとそれ、マジ、化け物だったわー。何喰《く》ったらあんな身体《からだ》になんのよ。ぜってーあいつプロテインやってるわー。マジ、絶対に公式戦で当たりたくないわー」

「ああ、まあそうなんだけど……」

「なんだけど？　なによ？」

「あの怪物も県のベスト４止まりなんだよなって」

「だって千葉には船橋あるし」

「ああ、船橋は全国で常連レベル。その船橋の選手もほとんどはプロにはなれない。なれてひとりかふたり」

「それは……そだね」

「そんなプロになったひとりかふたりもプロの厳しい競争にさらされて、ほとんどの場合は数年後には戦力外」

「どしたの、そんな暗い話ばっかりして」

隼人はその問いにすぐには答えない。

しばらく黙り、じっくりと考えをまとめる。

「……俺っていまがピークなのかも。って思ってさ」

「えーっ、どういうこと?」

「サッカー部の次期キャプテン、クラスでそこそこ人気者、それが俺のピークなのかなって」

「なになに意味わかんねえ」

「さっき言ったように俺の実力ではサッカーでプロになれるなんてほど遠い。昨日の試合で俺をチンチンにした高田《たかだ》だって無理。サッカーは高校で一段落だろ」

「もしかしたら大学のサークルとかで」

「お遊びではね。そんなの意味ない」

「でも隼人《はやと》くん、勉強もすげーじゃんよ」

学校の成績は悪くないとはいえ、しょせんはテスト対策のたまもの。

効率よく暗記科目を押さえて文系の点数を伸ばしただけ。

本当の頭のよさとは別物であることは自分でも理解できている。

「勉強でもスポーツでも俺はあくまでそこそこで、本物じゃないってことだ」

自嘲《じちょう》気味に笑う、隼人。

「まあまあの大学。そこからまあまあの企業に就職。そこそこの給料でそこそこ忙しい職場。職場でもそこそこ慕われて、仕事終わりに、ハイボールを飲みながら、昔はモテたなんて後輩に自慢するおっさん。それが将来の俺だ」

「まさかー、隼人くんならもっとやれるっしょ!」

「いや、俺にはこれといったものがない。勝負できる武器がない」

「隼人くんがそんなこと言ったら俺どうすんのよ」

「いや、戸部《とべ》は大丈夫だろ……」

――だって、そこまで期待されてないだろうし。

と言いかけて、その言葉を飲み込む。

良くも悪くも隼人は期待されている。そしてその期待に応えるべく生きている。

みんなが隼人はやれると思っている。

親の期待、教師の期待、友人の期待。隼人はそのすべてに応えてきた。

時には知らない女子たちの期待にすら応えて……。

その結果作り上げたスタイルが現在の葉山《はやま》隼人。

勉強もスポーツもでき、男子からも女子からも慕われ、明るく爽《さわ》やかな葉山隼人――。

そんな葉山隼人の未来を隼人自身が信じられなくなってしまったのだ。

「えー、俺は大丈夫かー、隼人くん意外と俺のこと評価してくれてんのねー」

戸部は隼人の言葉を素直に受け取りのんきに喜んでいる。

まさにそれが戸部の大丈夫なところではあるのだが。

「まあ、とにかく、俺は自分がこのままじゃダメな気がしてるんだ。なんていうかさ、俺には本質的な俺らしさが必要だと思うんだ。他人の評価と関係ない、勝ち負けとか超えた、心の芯のようなものが……」

「うーん、全然わかんねー。それで、そのシュタインさんの本読んでたんだ？」

戸部《とべ》は「シュタイン⤴さん」と語尾を上げ気味に発声。

その発音は地元の昔悪かった先輩を呼ぶときのイントネーションだ。

「……ああ、まあな。やっぱり自分を持つには哲学が必要だろうと思って」

「なるほどねー。でも隼人《はやと》くんが言うんならそうなんじゃん。死ぬほどわかんねーけどー。シュタイン⤴さんもいいこと言ってんだろーし」

残念ながら戸部はこういった会話の相手としては甚《はなは》だ不適切だった。

戸部だけではない。大岡《おおおか》や大和《やまと》も向かないだろう。

仮にこんな話題で話ができるとしたら……。

――比企谷八幡《ひきがやはちまん》くらいだろうか。

ちらりと比企谷を確認する隼人。

八幡は放課後教室に長居するタイプではない。

すでに身支度を終え、席を立とうとしている。

「あの、比企谷……」

隼人はほとんど無意識に声をかけていた。

「ん？　んだよ」

ダルそうに振り返る比企谷。

相変わらずの死んだ目。その視線は隼人を一瞥《いちべつ》すると、すぐに机に置かれている『近代哲学入門』へと向かう。

表情をほとんど変えず哲学入門からまた視線を隼人へ。

「いや……。すまん。なんでもない」

隼人は突如として恥ずかしくなっていた。

比企谷はなにも言っていない。

にもかかわらず……。

――あー、悩んじゃって、急にこれ見よがしに哲学書なんか読んじゃうパターンね。しかも原典あたるんじゃなくて入門書のねー。

そう言われた気がしたのだ。

駄目だ。比企谷には相談できない。

比企谷はうじうじした思考のプロ。

そして隼人はそういった類の思考に関しては初心者。キャリアが違いすぎる。

「で、なんだよ。もう行くぞ?」

隼人は比企谷に声をかけたまま、ひと言も発していないことに気づく。

「ああ、すまん。なんでもない」

「ん？　意味わかんね」

踵《きびす》を返し、教室を後にする比企谷《ひきがや》。

絶妙に嫌な感じの空気感だけが残った。

「どしたのー隼人《はやと》くん。なになに急に呼びとめてー、ヒキタニくんに弟子入りでもすんのかと思ったわー」

戸部《とべ》としては変になった空気を変えたかったのだろうが……。

「いや。あながち冗談でもないな。正直、出来るなら弟子入りしたい気分だった。彼はリアリストだし、一種の生存戦略には長《た》けているからね。社会に出るとああいう人間が強い。大成するのは案外ああいうタイプ。そんな気がする」

「まさか？　そうなの？」

冗談を真に受けられ、大げさにのけぞって驚きを表現している戸部。

隼人は比企谷と特別親しいわけではない。

しかしあのどこか達観した雰囲気。そして独自の思考体系。

そして同調圧力に一切屈しない圧倒的なオリジナリティ。

そして社会の荒波に揉《も》まれる前からすでに高校で擦り切れんばかりのレベルでも揉まれているため、改めて現実の壁にぶつかることもないだろう。

――化ける可能性があるのは比企谷だ。

隼人は思う。

サッカーがそこそこ上手く、それなりにイケメンで、勉強もそこそこできる。そして場の空気を壊さない気配りと明るい態度。

——俺はいつの間にか小さくまとまってしまった……。

悔しさで拳《こぶし》を握りしめる隼人。

それなりの大学、それなりの企業、それなりの生活。

自分はその程度で終わってしまうのか……。

その水準を突破するには突き抜けた個性、そして突き抜けた才能が必要。

それを得ることができるなら比企谷に弟子入りするくらい、恥でもなんでもない。

「弟子入り……本気で考えるべきなのかもしれない。むしろ俺がさらに突き抜けるために必要だと考えたのなら、すぐに行動に移すほうが俺らしいともいえる。いや、さらに積極的に考えるなら……あるいは……」

ぶつぶつと自問自答を繰り返す隼人。

練習試合に負けて以来、隼人の胸の内にずっとたれこめていたモヤモヤ。それにうっすらと光が差し込んだ気がするのだ。

「隼人くん、大丈夫？　どうしたの。なに考えてるの？　っべー、あれシュタイン♪さんの本の読みすぎじゃね？」

戸部《とべ》の不安そうな声も耳に届いていない。

「悪りぃ、今日はちょっと先に帰る」

「えーっ、なになにつれないな、隼人《はやと》くん」

「ちょっと用事を思い出してさ」

戸部を残し颯爽《さっそう》と席を立つ隼人。

「なによ、もしかして本当に弟子入り？　奉仕部行ってヒキタニ君に弟子入り志願とか？　嘘《うそ》だよね」

「ほんと悪いけど。また、明日」

隼人は振り返ることなく戸部にさっと手を振り教室を後にする。

葉山《はやま》隼人の決心はすでに固まっていたのだった。

◆

翌日、火曜日の朝。

教室の戸部は朝イチとは思えないオーバーリアクションを繰り出していた。

「えーっ、隼人くん、どうしたの？　なんでラノベ読んでるの!?」

「変かな？」

「変だよ。隼人くんそんなキャラじゃなかったじゃん！　っていうか昨日、ヒキタニくんに弟子入りも悪くないとか言ってたけど……」

「ああ、いろいろあって材木座《ざいもくざ》に弟子入りした」

「なんでぇ！　いろいろありかたがおかしくね？　っていうか誰？」

「知らないのか、比企谷《ひきがや》の友達の」

隼人にとっても材木座の印象は薄かった。

メイド喫茶でなぜか大笑いしていた邪悪なオタク。

それくらいのイメージだったのだが……。

「なんとなくしかわかんないけど、どうしてそんな人に弟子入り？」

「突き抜けたなにかを持っているからだ」

そして、比企谷に弟子入りは恥ずかしく、なんとなく類似の別製品を探してたら彼を発見した。そんな感じなのだ。

「たしかに突き抜けてるっぽいけど」

「周りに迎合することなく、しっかりとした自分のスタイルを確立する。それが重要だ」

隼人はそう言いながら軽やかにページをめくる。

その右手には……黒の指ぬきグローブが装着されていた！

「手袋から指突き抜けちゃってるし！　なにそのダサいの！　ダサさがエグすぎでしょ！」

「師匠からもらった。流派の証《あかし》らしい」

「やめなよ。隼人《はやと》くん。さすがにキモいよ」

「そういうわけにはいかん。師匠曰く、これがあるとラノベを読む時の没頭具合が全然違うらしい」

「あー、そうなの……。んで、どんなの読んでんのよ？」

「まだ序盤だが……いま主人公がトラックにはねられたところだ」

「交通事故系の話？」

「師匠曰く、とにかくいまはこのタイプのラノベがスタンダードらしい」

「へーっ、それ、やっべーっしょ。教習所で免許取るときに読ませるといいかもね。ってか、最近のラノベってトラック、トラックしてんだね」

「ああ、いまのところかなりトラッキーだ」

また指ぬきグローブを装着した右手で優雅にラノベのページをめくる隼人。

ある日突然指ぬきグローブ装備で登校して、そのままラノベを読み始めたら……。

死ぬほどイジられて当然のはずなのだが……。

しかしその当事者が葉山《はやま》隼人であるがゆえに誰も容易にイジれない。

そもそも変わった冗談だと捉えればいいのか、普通に趣味を変えたと捉えたらいいのか、それすら判断できない。

相手が隼人であるが故に自らが責任を持って切り込む勇気が持てないのだ。

クラス中の人間が遠巻きに葉山隼人、バージョン指ぬきグローブを監視している。

「……隼人、なんかあった？」

クラスの女帝である三浦優美子《みうらゆみこ》が軽く声はかけるが……。

「我《われ》は別になんとも……」

「わ、我!?」

優美子ですら思わず絶句している。

「どうしたの？　っべー、隼人くん、イタい人になっちゃってるじゃん！」

「いや、なんでもない。職場見学会のとき言ったろう。俺は外資系企業かマスコミ系志望って。それで当然、出版社も狙《ねら》ってる。そして出版社の就職試験で勝とうとすれば、やっぱり出版社の持っているコンテンツについて熱く語れないと。そして師匠はコンテンツへの熱い思いは突出していた。だから俺は彼から学ぼうと思ったんだ。新しい一歩を踏み出すために」

「話は合ってるけど、なぜか結論だけすげー間違ってる感じがしねえ？　隼人くん、一歩目、絶対、そっちじゃないっしょ！」

戸部《とべ》はきっぱりと断言する。

自らを隼人の一番の友達だと自負するがゆえの責任感もあるのだろう。

ほかのみんなが言いにくいこのタイミングでこそ自分は言わなければならないのだと。

「俺、隼人《はやと》くんみたいに賢くねえし、未来を見据える系？　それ系のこともよくわかんないけど、でもだから逆にわかるわ、いま隼人くんのイメージがぐんぐん下がってる！」

隼人の目をまっすぐに見つめて、熱く語る戸部《とべ》。

その強い口調に隼人も気圧《けお》される。

「……やっぱり、そうかな」

「ラノベはともかくそのグローブはバッキバッキにヤバいっしょ。隼人くんじゃなかったら、好感度下がり過ぎで死んでたよ」

「それは……薄々感じていた」

隼人もこれは気の迷いなんじゃないのか。

自分なりのスタイルを確立するにしてもこれは必要ないんじゃないのか……。

そんな気はしていたのだ。

「取ろうよ。隼人くん。そのグローブは人類にはまだ早いよ」

「そうだな……」

ゆっくりと丁寧《ていねい》に指ぬきグローブを外す隼人。

そして机の上にそっと置く。

まるで昔のアイドルが引退する時にマイクをステージに置いたように。

それと同時に教室中に明らかにホッとした空気が流れる。

クラスの中心である隼人の乱心。それが一時の気の迷いであることが判明したのだ。

「隼人くん、やっぱ気の迷いだったんだって」

「たしかに俺は焦《あせ》って混乱していた。それは認める。試合に負けたショックもあったんだろうな」

隼人は少し恥ずかしそうに笑う。

その顔を見てほっと安堵《あんど》のため息をつく戸部。

「だよね。マジ焦ったわ。隼人くんがおかしくなっちゃったと思ってさ」

「すまん。弱気になっていた」

「マジで弱気になる意味わかんないっしょ。隼人くんの将来なんて勝ち確定なんだから。超余裕イージーモードっしょ。悩みすぎだって！」

安堵の気持ちから、いつも通りのノリで軽口を叩《たた》く戸部。

しかし……。

「……いや、そこは違う」

「えっ!?」

戸部が期待したのは謙遜《けんそん》しつつも、軽い冗談で切り返す隼人。

しかし、その期待は脆《もろ》くも崩れ去った。

「確かに興味もないのにラノベを読み始めるのは違ったけど、悩む必要は大いにある。俺はこのままじゃダメだ。その認識は間違ってはいない。このままじゃ、絶対に俺のピークは高校時代になる」

返ってきたのは相変わらずの重い言葉。

「だからぁ、隼人《はやと》くん……」

「いや、いいんだ。別にこれが思い過ごしでもいい。だとしても、ここで危機意識を持つことは重要だ。心配かけて悪かったな。でも大丈夫、俺は必ずこのピンチをチャンスに変えるから」

「そんなこと言ってんのが心配なんだけどさぁー」

戸部《とべ》は半ば呆《あき》れ気味に言う。

「だから大丈夫だ。ほら、もうチャイムなるぞ」

隼人はそう言うと、自らも一時間目の科目、世界史の教科書をカバンから取り出す。

これでこの話題はいったん終了。

その後はなにもなかったかのように穏やかな学校での一日。

順調に授業は進み、昼休み、そして午後の授業、その後部活。

すでに隼人の乱心を覚えている者もなく、それぞれが家路についたのだった。

◆

翌日、水曜日。

戸部は教室に入るとすぐに友人かつクラスの中心である葉山《はやま》隼人に声をかける。

「隼人くんおはよう！　どうよ、どうよ、元気？」

戸部は迷いから抜け出し、いつも通りの隼人が明るく爽《さわ》やかに挨拶《あいさつ》を返してくれると期待していたのだが……！

「ขอ《コーォ》 ใบเสร็จ《パイセット》 หน่อย《ノーイ》 ครับ《クラッ》!!」

返ってきた言葉の意味がまったくわからない！

「えっ！　隼人くんなんて？」

「ขอ ใบเสร็จ หน่อย ครับ!!」

自分の席に座る隼人。戸部に向かって軽く手を振り、にこやかに話しかける。

「こー？　ぱいせっと？　隼人くんが壊れた！　昨日もヤバいと思ってたけど、これ完璧《かんぺき》にクラッシュしちゃってるっしょ！　こーぱいせっと状態じゃ、もう無理だわ」

「おいおい、失礼な。タイ語だよ、タイ語」

隼人は一冊の本を手に取り戸部に見せる。

それは初心者向けタイ語会話のテキストだった。

「えーっ、いまのタイ語だったの！」

「ああ、昨日から勉強始めたんだ」

しかし隼人《はやと》のテキストにはすでに何十もの付箋《ふせん》が貼られ、カラフルな飾りのようになっている。すでに使い込まれた風格すらある。

「隼人くん、凄《すご》くね。いきなりタイ語って」

「いやいや、だからまだ初心者だって」

謙遜《けんそん》しながらもちょっと嬉しそうな隼人。

「……で、なんて言ったの？　さっきのこーぱい？」

「レシートをください」

「っベーー！　隼人くんレシート欲しいの？　コンビニでフリスク買ったのでいい？」

慌ててズボンのポケットをまさぐる戸部《とべ》。

尻ポケットからくしゃくしゃのレシートを取り出し、机の上に置く。

「いや……気持ちはありがたいが、ただの例文だ」

「ああ、そっか、じゃあ、レシートいらないか。ってかさ、ってかさ、ってかさ！　なんでタイ語なのよ！」

「これからはタイの時代だと思ってさ」

隼人の口調は自信に満ちている。

「ええっ！　そうなの？」

ほかならぬ隼人の考え、戸部としてはなるべく同意したいところなのだろうが……。

さすがに理解できず首をひねりにひねっている。

「いいか戸部、アメリカの覇権に陰りが見え、中国が台頭する。中国とアメリカが二大強国としてしのぎを削る時代。それに対応するために中国語を学んでおく……。しかしその時代もすぐに過ぎ去るだろう。おそらく次に来るのはインドの時代。しかし、それもまた過ぎる。そしてその次にアフリカの時代が来たり……。そんな国と国とのパワーバランスと日本におけるその言語を勉強している人の数、そういった要素を考察するとタイ語がベスト。そう判断したんだ」

隼人は現在、高校二年生、社会人としてデビューするのは、大学卒業後だとして、早くて五年後。

つねに未来を見据えた行動が必要。

その考えが隼人をタイ語学習に駆り立てたのだ。

「わかんないけど……、隼人くん、さすがに考えすぎじゃね？　タイ語に興味があるならいいけどさ、ややこしく考えすぎで意味わかんないっしょ」

「เสื้อ《スア》 คุณ《クン》 สวย《スアイ》 จังเลย《チャンルーイ》 ครับ《クラッ》」

「なになに？　文句言うやつはぶっ殺すぞ的な？」

「違う！　เสื้อ คุณ สวย จังเลย ครับ!!」

「だからわかんないって！」

もはや戸部《とべ》こそが外国人であるかのようにオーバーリアクション気味に両手を広げて、理解できないことをアピールしている。

それにたいして隼人《はやと》もちょっと外国人ふうにやれやれと手を広げてリアクション。

「そのシャツ素敵ですね、って言ってるんだよ」

「隼人くん、これ制服だよ！　隼人くんも同じの着てんじゃんよー！」

「そうなんだが……だから練習中だから」

「いつ使うんだよ。隼人くん、あんまりタイ語で他人のシャツ褒《ほ》めるタイミングねーって」

「いや、いまはそう思うかもしれないが、これから日本は人口減少でどんどん衰退する可能性がある。それに対して東南アジアの国々は確実に大きく発展する」

「そうかもしんないけど、シャツ褒めなくていいっしょ」

「会話のきっかけにはなるだろ。どこの国の人だってシャツを褒められて嫌な気はしないはずだ……」

珍しく憮然《ぶぜん》とした表情を見せる隼人。

やはりどこか意固地になってしまっていることは隼人自身も薄々感づいてはいる。

「隼人くん、昨日も変だったけど、いよいよ、おかしいよ。本当にどうしたの？　未来を見据えるのもわかるけど、いまあるポジションがグラグラしてるって」

「そ、そうかな？」

「間違いないって。だって朝、教室来てみたら、説明もなく謎の言語で喋《しゃべ》ってたらちょっと怖いでしょ」

「別に怖がられたってかまわない。これこそが自分の進むべき道だから」

「勘だけど、ちげーって。隼人くんの進む道、それじゃないって！」

「なぜわかる！　俺は高校時代がピークで終わりたくない。社会に出てからも使える武器が俺には必要なんだ！　เสื้อ《スア》 คุณ《クン》 สวย《スアイ》 จัง เลย《チャンルーイ》 ครับ《クラッ》!!!」

「だからシャツ褒められても！　オソロだから！」

本当はもっと格好いいセリフをタイ語で決めたかった隼人だが、残念ながら、まだ学習開始からひと晩。語力が圧倒的に不足しているのだ。

「俺は……嫌なんだよ。高校時代の思い出にすがる将来は……」

「わかる。わかるけどよー。一回、落ち着こう。俺が言うのもなんだけど、基本大事にしてこうよ。まずは授業の英語頑張ればいいじゃん」

「だから、英語はみんなやるから、それでは差を……」

「それ言うのは英語ペラペラになってからじゃん」

「それは……まあ……うん」

隼人が戸部に説得される世にも珍しい光景。

しかしこんな状況が発生するほど、隼人は焦《あせ》り、そして自分を見失っているのだ。

「ね、昨日から隼人《はやと》くんらしくないよ」

「นี่《ニー》คือ《クー》 หนังสือเดินทาง《ナンスーウドゥーターン》 ของ《コーン》 ผม《ポム》 ครับ《クラッ》」

戸部《とべ》から目をそらし、自分の机を見つめながら言う。

「だからなによ?」

「これは私のパスポートです」

「これは俺がさっき置いたフリスク食べたレシートだし!」

「ああ、それはわかっている。ระวัง《ラワン》 รถ《ロット》 กระบะ《グラバ》 นะ《ナー》」

「はあ?」

「トラックに気をつけてくださいね」

「急にトラッキーな例文! なにげにラノベ引きずってんじゃん! っべー! 隼人くん、よく考えなよ。やっぱイキナリすぎっしょ! だってさ、隼人くん、いままで一度もタイの話してなかったじゃん」

「……ああ、それは……そうだな」

「隼人くんがタイに興味あって、タイに行きたいとかあるんだったらいいよ。今回のパターンはいくらなんでも変でしょ」

「正直なところ……。それは正論な気もする」

意固地になっている隼人もこれは認めざるを得ない。

たしかにそれはそうだ。

タイ語を使えることが今後どれくらい役に立つのか、それはいろんな考え方があるだろう。

しかし、大前提としてタイに興味がない人がタイ語を習っても大した成果は望めないのだ。

「ね、そうだよね。落ち着こ。大丈夫だから、隼人くんはタイ語が話せなくても将来もきっと輝いてるって」

「ラノベも読まずにタイ語も話さずに？」

「余裕で大丈夫だって」

戸部は隼人の目を見て何度も頷《うなず》きかける。

「そうか。もしかしたら、また焦《あせ》って、変なことを考えてしまったのかもしれないな」

隼人は「ふぅー」っとため息を漏らす。

「もうやめてよ。マジでびっくりしたからさー。試合で一回チンチンにされただけで、引きずりすぎだって」

戸部もどこか安心した様子。

「ああ。そうだな。ผม《ポム》 หลง《ロン》 ทาง《ターン》 ครับ《クラッ》」

隼人はそう言うとちょっぴり照れたように笑う。

「えっ、なに？　なんつったの？」

「道に迷ってしまいました」

「本当だよ、隼人《はやと》くん！　人生の道、迷いまくってるっしょ！」

戸部《とべ》のツッコみに笑い合うふたり。

こうして、隼人のタイ語学習は一日で終了。

クラスの中心である葉山《はやま》隼人の乱心はこれで終了かと思われたのだが……。

◆

翌日、木曜日の放課後。

いつもであれば、真っ先に隼人の元へと駆けつけ、部活前の談笑に興じる戸部であったが。

今日の戸部はやや遠巻きに隼人の様子を観察している。

指ぬきグローブを装着していないか、急に馴染《なじ》みのない言語を学習していないか、それとは別の謎の行動はないか？　おそらくそんなことを警戒しているのだろう。

「隼人くーん、部活行こうぜ！　今日も青春の汗、流しちゃおうぜー」

しっかりと確認し、問題ないと判断したのちに過剰に馴れ馴れしく肩を組む戸部。

普段の隼人であれば「おいおい、ちょっと鬱陶《うっとう》しいって」などと言いながら、じゃれつく戸部を肩から引き離すところなのだが……。

「ああ、一緒に青春の汗を流そう」

隼人はがっちりと肩を組み返した。

ふたりだけ今日で高校を卒業しちゃうのかな？　と思わせるほどしっかりと肩を組む戸部と隼人。

「あれ？　隼人くん？」

「どうした？　今日もサッカー頑張ろうな。戸部」

「ああ、うん」

戸部は居心地の悪さを感じたのか、自ら組んだ肩をそっとほどく。

「どうした？」

そんな戸部に今度は逆に隼人から肩を組みにいく。

「いやいや、そっちこそ」

その手を回避しながら、若干おびえた目で隼人を見つめる戸部。

「いや、気がついたんだよ。人生を輝かせるために必要なのはオタク力でもなく、語学力でもなく、友情だって」

「ああ、なるほど……まだ気の迷い中ってことかー」

「だから気の迷いの結論が出たんだよ。カルチャーのムーブメントは変わる。国の勢いですら移り変わる。それでも変わらないもの。それは俺たちの友情だと思うんだ」

葉山のズッ友宣言。

それを受け露骨にドン引きする戸部《とべ》。

「……う、うん。隼人《はやと》くんにそう言ってもらうのは嬉しくはあるんだけど、ちょっとハズいっていうか……。クサすぎっていうか……あとさ……」

急に声のトーンを落とす戸部。

「ん⁉」

「さっきから海老名《えびな》さんが凄《すご》い目でこっち見てんだよね」

隼人が戸部の視線を追うと、たしかに海老名姫菜《ひな》の姿が。

自分の席に座り読書をしているように見えるが、一切視線は本へと向かっていない。

燃えるような目で隼人と戸部の様子を観察している。

「たしかに見てるな」

「ほら、前に言ったじゃんよー。俺、ちょっと海老名さんのこと好きっていうか……そんな感じだって……」

ちらちらと海老名さんの様子をうかがいながら隼人に耳打ちする。

「ああ」

「だから俺、その海老名さんにBL的な存在じゃなくて、その、異性として見られたいって感じってかさー、そんなんなわけよ」

「なるほど、それは理解できなくもないな」

「わかってくれた？」

「もちろんだ。戸部《とべ》の恋路の邪魔をするつもりはない。だから、……これからは教室内ではこそこそ友情をはぐくもう」

後半部分はそっと耳元に口を寄せ、秘密っぽくささやく隼人《はやと》。

「っべえええええ！　隼人くーん！　余計ダメだって！」

「なぜ？　海老名《えびな》さんに好奇の目で見られたくないんだろ？」

「こそこそすると余計に見られんの！　こっそりささやき合ってたりしたら、逆にめちゃ刺激しちゃってるって！」

ちらりと海老名さんの様子を確認すると……。

眼鏡《めがね》のフレームがいつもより一層赤く見える。

もはや煮えたぎったマグマを固めて、そのままフレームにしたかのような。そんな熱すら感じる。

「へー、そんなものなのか」

隼人はＢＬについてまったく知識がない。

それと同時に偏見もない。

楽しんでいるものをやめてもらう必要も感じない。

「正直それ関係はわかんないからな。どうしていいかわからない。まあ、戸部と俺は熱く青春しよう」

「いや、隼人くん、さすがに変だよ」

「そうか？　最終的に一番大事なのは友情。そんなに変な結論かな」

「それ自体は変じゃないけど、隼人くんらしくないっていうかさ。そういう隼人くんちょっと好きじゃないっていうか」

「そうかな。俺はそうやって気にかけてくれる戸部のこと好きだし、意外と頼もしいなって思っている」

　隼人のその言葉に先に反応したのは海老名さんだった。

　びくっと小さく身体《からだ》を震《ふる》わせる海老名さん。

　一方の当人、戸部は急にそんなことを言われて困惑しきり。

「いや、褒《ほ》めてもらえるのはありがたいのよ……」

「シャツは褒めてくれなくていいから！」

「เสื้อ《スア》 คุณ《クン》 สวย《スアイ》 จั๊ง เลย《チャンルーイ》 ครับ《クラッ》!!」

　ちょっと面倒くさそうにツッコむ戸部。

「せっかく勉強したからつい」

「結局さ、隼人くん、気の迷いで言ってるだけくさいんだよね」

　戸部からすると、ここ数日の隼人の気の迷いがますます混迷を極めているように見える。

親愛の情ではなく気の迷いによる葉山《はやま》の錯乱。

そのようにしか思えないのだろう。

「そんなことはないよ。じっくり考えて俺はこの結論に至った。結局大事なのは本物の友情。本物と呼べるものだけでいいって」

「はあ？」

「探しに行くんだ。そこへ」

「どこへだよ？」

「サッカー部の部室およびグラウンドだ。サッカーを通じて一生揺るがぬ友情を……さあ、今日も行こうぜ！」

隼人《はやと》はしっかりと戸部《とべ》の手を握り力強く引く。

その瞬間を見逃さず、まるで自分の手を握られたかのようにビクッと身体《からだ》を震《ふる》わす海老名《えびな》。

こっそり堪能している様子。

しかし、一方ウケというか一方的な友情の対象者となった戸部はというと……。

「さすがにキモいっしょ！　隼人くん」

隼人の手をやや強引に振り払う戸部。

「どうした？」

「あのさ……。隼人くんに慕われるのはありがたいけど、こんなベタベタしたの隼人くんらしくないっしょ」

「そ、そうかな……」

「これは友情じゃなくて、なんかもっと甘えみたいな……。結局、ずっと隼人くんは自信失ったままで、それが不安だから、急に友情とかに逃げたみたいな？　わっかんねーけど。弱ってんなら相談は乗るけどさ、だけど隼人くんらしくないよ」

戸部の口から発せられたのは想像以上に厳しい言葉。

――だが図星だ。

隼人自身も意識していなかったが、たしかにこれは友情でなく単なる甘え。自分の不安のはけ口にしているだけだ。

「悪かったな」

「べ、別に謝んなくてもいいのよ。俺はただ隼人くんがいつもの隼人くんに戻ってくれればさ」

「そうか。そうだな。でもたしかに戸部の言う通りだ。こういうのは違う」

――まさか戸部に叱《しか》られるとは。

これはいったんベタベタ友情路線も撤回するしかない。

――海老名さんには少し悪いが……。

隼人はちらっと海老名さんを確認する。

海老名さんは教科書で視線を隠しながらビクッと興奮で身体を震わせている！

「ツンギレ……戸部《とべ》がツンギレしたし」

隼人《はやと》には理解できない用語を繰り返しながら身体《からだ》を震《ふる》わせる海老名《えびな》さん。

なんだかこの展開はこの展開で刺さるものがあるらしい！

「と、とにかく、普通に戻るから、甘えて悪かった」

「いやいや、そんな反省しすぎも気まずいけどさー。でもシュタインさん♪も、これは違うって言うと思うよ。一回、これはやめとこう」

ちなみにシュタインさん♪は言語学者なので、おそらく男子同士のベタベタ感について特にコメントはないはずだ。

「そうだな。道を変えるのなら今だな」

隼人は安易な友情路線を撤回。

長引く隼人の気の迷い。

今回は安易に友情に頼ろうとして、また間違えてしまった。

いまだ出口の見えない隼人の気の迷い。

そんな状況をなぜか海老名さんだけが堪能してるっぽいのであった。

◆

翌日、金曜日の昼休み。

「飯にしようぜ！　あー、腹減ったわー」

戸部は当然のように自分の弁当を持って隼人の席へと駆けつける。

隼人を中心としたグループでご飯を食べ昼休みを過ごす。

毎日のルーティンであり、学校生活の中でもっとも楽しい時間のひとつでもある。

しかし、隼人の動きが遅い。

授業が終わってるのにまだ机に向かって何かを描いている。

「ほらほら、隼人くん、飯だよ、飯にしようぜ」

「ああ、ちょっとこれを仕上げてからな」

「ん、それなにやってんの？」

「ああこれか。これは絵手紙だ」

隼人が得意げに見せたのは一枚のはがき。

そこにはカボチャのイラストと温かみのある筆文字で「人に感謝」と書かれている。

「っべー！　隼人くん、悩み過ぎでおじいちゃんになっちゃってるじゃん！」

「この数日いろいろ考えてさ。やっぱり最終的に大事なのは豊かな老後だと思うんだ。勉強頑張って、仕事も猛烈にしても、そのあとに健康で楽しい老後がないと意味ないだろ。年とってもできる趣味を見つけようと思って、絵手紙と盆栽を始めた。特に盆栽なんていい物を作ろうとすると何十年もかかるから」

「待ってよ、隼人《はやと》くん。僕らまだ就職してないのに、なんで定年後を見据えちゃったの？」

「ずっと考えてたんだよ。高校でちょっとイケてても大学でダメだったら意味がない。大学でイケてても社会人でダメだったら意味がないって……。そして社会人でイケてても……」

「老後がイケてないと⁉」

「正解！」

爽《さわ》やかに親指を立てウインクしてみせる隼人。

「正解じゃないよ！　歩みが早すぎて誰もついていけないレベルだよ！　悩みすぎで完全におかしくなってるって、これなら指ぬきグローブの方がよかったよ！」

「そんなことはない！　戸部《とべ》、一緒にいい老後を過ごそうな。季節ごとに家庭菜園でとれた野菜と絵手紙を送るよ」

「それはちょっと嬉しいけれども！」

と、言いつつ、戸部は横目でちらっと海老名《えびな》の様子をうかがう。

怪しく鈍く光る海老名の眼鏡《めがね》……。

どうやら隼人と戸部の老後のカップリングですら守備範囲。

恐ろしいほどの手練《てだ》れと思われる。

「隼人くん、老後はいいから、いまを生きようよ」

「もちろん、そんなことは当然だ。ただ一生モノの趣味を持ちたいってだけだ。これまでみたいに乱心状態ではない。そこまでおじいちゃん気分じゃないよ」

「ならいいけど。じゃあ飯にしよ」

「ああ」

隼人は爽やかに笑うと、自分の弁当を取り出す。

続いて慣れた手つきで弁当の蓋を開くと……。

入っていたのはきんぴらごぼう。そしてヒジキと油揚げの煮つけ。及びわけぎとワカメのぬた和《あ》え。

「っべー！　おじいちゃんの献立！　っべー！　マジおじいちゃん！　っべー！　本気でおじいちゃんの食べ物じゃん！」

そのラインナップに絶叫する戸部。

「どうした？」

その大きなリアクションに小首をかしげている隼人。

しかし、戸部はお構いなしに全力でツッコむ。

「弁当のおかずが完璧《かんぺき》おじいちゃんだって！　きんぴらとヒジキって腹ペコ男子高校生のお弁当でありえないっしょ！」

「そうかな？　昨日の時点で食べたいものをリクエストしたらこんな感じになって」

「だから否定してるけど、全力でおじいちゃんの気分になっちゃってるんだって！　これこのあと部活でサッカーする人の飯じゃないっしょ」

戸部《とべ》はもはや審判に誤審をアピールするサッカー選手のように両手で何度も隼人《はやと》の弁当を指し示している。

昨日から隼人は老後について考え続けてきた。

人生のフィナーレはどのように迎えればいいのか？

いい人生だったと思いながら死ぬにはどうすればいいのか。

そんなことばかり考えていると自然と食欲はなくなり、食べたいものといえば、できるだけあっさりとしたものになったのだが……。

いまこうして、昼食として食べてみると……。

「まあ……満足感は低い……」

そこは正直に認める隼人。

お腹が空《す》いた高校生の昼食にはあっさりが過ぎるのだ。

「だよね。大丈夫、きんぴらで部活乗り切れる？」

「わからん……」

「ほら、肉食いなって。バーグあるから」

見かねた戸部がハンバーグを分けてくれる。

きんぴらとぬた和《あ》えの間に置かれるひと口ハンバーグ。

隼人はそれを遠慮なく口に運ぶ。

「ぐっ、美味《うま》い！　ぬた和えとは、もうインパクトが全然違う」

「でしょ。シュタインさん♪の故郷の味よ」

正確にはシュタインさんはオーストリア人なので、ちょっと違う。

しかし、そんなことより、男子高校生の肉体にはやはりヒジキやきんぴらよりもハンバーグ。

隼人の五臓六腑にハンバーグの肉々しさが染み渡っている。

「ああ、やっぱりこれは気の迷いだったんだな」

男子高校生の肉体にとってハンバーグの誘惑は圧倒的。

その魅力はいかなる思考も凌駕《りょうが》するのだ。

「でしょ！」

戸部に言われるまでもなく、隼人は昨日からの考えを撤回しつつあった。

いかに生きるべきか、なにを自分の心の拠り所とするべきか……。隼人は悩みに悩み、あまりにも悩み過ぎたがゆえに、老後の生活に考えが飛躍してしまった。

しかしそんな気の迷いなどハンバーグのうまみが一発で吹っ飛ばす。

「身体《からだ》は素直だ。全身がハンバーグに喜んでいる」

かすかに身体を震《ふる》わせる隼人。

それと時を同じく身体《からだ》を震《ふる》わせる海老名《えびな》さん。

腐女子にとって、てえてえ瞬間はいちいち見逃さないのだ。

「な、隼人《はやと》くん、やっぱりがっつり食わないと。購買行って、がっつり重めのパン買おう」

「そうだな」

「隼人くん、元気ないっしょ。俺が買ってきてやっから。ちょっと待っててよ」

「悪い。助かる」

「その代わり、俺にもパン一個奢《おご》りね」

戸部《とべ》はそう言うとすでに小走りで駆けだしている。

「ああ。ありがとう、戸部。ขอ《コーォ》 ใบเสร็จ《パイセット》 หน่อย《ノーイ》 ครับ《クラッ》!!」

「レシート欲しいのかよ！　っべー、隼人くん、経費で落とす気だ！」

◆

葉山《はやま》隼人が迷いに迷った生き惑いの一週間が過ぎた。

そして、明けて月曜日。

始業十五分前の教室。

葉山隼人はすでに自分の席につき、なにをするでもなく、ぼんやりと窓の外を眺めていた。

雲ひとつない爽《さわ》やかな秋晴れの空。

「あれー、隼人くん、元気そうじゃん！」

「ああ、当たり前だろ。朝からどんよりしたヤツがいたら、教室全体の空気も悪くなるしな」

「いや、隼人くん、先週モロ空気悪くしてたけどね……」

ちょっと声のトーンを落としつつツッコむ戸部。

「先週は悪かった。あれは完全に気の迷いだった。もう大丈夫だ」

「本当に？」

「ああ。正直、先週の俺はおかしかった！」

そう言いながら照れ笑いを浮かべる隼人。

その姿はまさしく、いつも通りの爽やかな葉山隼人だったはず。

「いつもの隼人くんだー。よかったよー。ずっとあのままだったらどうしようって、マジ心配してたのよー、で、なによ？　なんで立ち直ったの」

「まあ、あれだ。……ぶっちゃけ勝ったからだな」

——そう。隼人は勝ったのだ。

日曜日の市川南《いちかわみなみ》との練習試合。スコアは4対3で勝利。

隼人は一得点一アシストと大活躍。

その結果、先週敗れた中央工業と互角、もしくはさらに上の実力校である市川南相手に劇的な逆転勝利を収めたのだった。

「隼人《はやと》くんの弾丸ミドル、あれマジやばいっしょ」

「ああ、正直、俺もそう思う」

「あんなの決まっちゃったら、女子のファンまた増えちゃうって」

「ああ、正直、もう増えた」

登校直後、隼人は校門の前で待ち構えていた一年の女子にLINEのアドレスを尋ねられている。

「さすが隼人くん。もうモテてる！　そりゃ立ち直るわー」

「別にそれで立ち直ったんじゃない」

「じゃあなによ？　やっぱ勝利の味？」

「試合に勝ったのもそうだが、俺はチャレンジした。それがよかった」

「はあ、ああ、そう。そっかー」

戸部《とべ》は反射的にうんうんと頷《うなず》いてみてはいるものの、なにがよかったのかいまいち理解できない。

しかし、いまの隼人は戸部の理解を求めていない。

自らの問いに自らが答え、それに十分納得がいった。

それだけで十分なのだ。

「別に人生のピークなんてどうでもいいことだった。そんなことは死ぬ瞬間に考えればいいこと。今日よりもっといい自分になろうと、ピークはまだまだ上だと思ってあがく、それが大事なんだ。俺のピークはまだまだ先だ。俺がそう思ってる限り。ピークはこないんだ。昨日もたしかにミドルは決まった。でも大事なのはあそこでミドルを打ちにいけた気持ちなんだ」

隼人は興奮気味にまくしたてる。

まだ話が飲み込めていない戸部はそれをただ茫然《ぼうぜん》と聞くばかり。

「えーと、ああー、そうなんだー」

「そう。単純なことだった。自分の栄光の時代は自分で決められる。悩む必要なんてそもそもなかったんだ」

「そうだね……」

「昨日も正直なところ、心のどこかで負けると思い込んでいた。それが夢中で試合をしているうちに……」

「うべー、隼人くん、朝からテンション高すぎじゃね？」

結局、ドン引きしている戸部。

あまりのテンションの高さから、ほかの生徒たちからの視線もチラチラと感じる。

比企谷《ひきがや》の鬱陶《うっとう》しそうな濁った視線も。

それでも隼人の気持ちは晴れやかだった。

いろいろ理由はつけられるが、単純に試合で勝ったらすっきりした。
それが真実なことは薄々感じている。
しかしまだその人間のシンプルさに装飾を加えずにはいられないのだった。

負けられない婚活がそこにはある

境田吉孝
挿絵：U35

結婚は人生の墓場だと人は言う。

結婚したらウザいときのほうが多いよ、とか。家事も子育ても手伝わない夫なんて家にいるだけ邪魔、とか。自分だけの時間が欲しい、とか。

現代社会を生きる人々の裏側を映すSNSを眺めてみれば、兎角《とかく》そんな話題は事欠かない。

だから、結婚は人生の墓場という言葉は、あながち間違いではないのだろう。

だが、それはあくまで持つ者の理論。物事のほんの一面的事実に過ぎないのではないかとも俺は思うのだ。

なぜなら真実はいつもひとつだが、同時に多面体でもあるのだから。

立場や思い込みひとつで、世界は多様な色彩や形を観測者に提示しうる。

結婚は墓場だというが、それを持たざる者、未婚の人間の見解はまた違う。

かくいう俺も、いつかは結婚したい。働いたら負け、という先人の偉大なる哲学に則《のっと》り、美人で優秀な奥さんもらって主夫になりたい。未来の妻へのプロポーズは「毎朝、俺の味噌《みそ》汁を飲んでくれ……」これで決まりである。

目を閉じれば、そんな幸せな結婚生活がまざまざと浮かぶようだ。

『八幡《はちまん》、この味噌汁とっても美味《おい》しいよ。いつも僕のためにありがとう』

『いいんだ彩加《さいか》。それより悪いな、お前にばっかり働かせちまって……』

みたいな。……え？　なんで俺、当然のように結婚相手として戸塚《とつか》を想定しちゃってるの？　なんで法律も性別も易々とビヨンドしちゃってるの？

『もー。八幡、それは言わない約束でしょ。怒るよ？　……あっ、それじゃあ僕そろそろ会社行くね。この子のためにも稼いであげなくちゃ』

『あぁ、気ぃつけていけよ。っと、そうだ、悪い。今日、新しいゲームが出んだけど買ってもいいよな？』

って、え？　なんで当然のように戸塚は身ごもっているの？　そして身重の戸塚に産休を与えない日本の企業は働く女性に厳しすぎなんじゃないの？　てか俺はなんでこんなクソみたいなヒモになっちゃってるの？

閑話休題《かんわきゆうだい》。とにかく『結婚は人生の墓場』という言葉には、結婚とは縁遠い者にとってそれほど真実らしく響かないものだ。

常日頃から結婚したいと切望する人間には、特に。たとえば……。

「はぁ……結婚したい……」

なんて、周りに耳目のある職員室で、そんなあられもない呟《つぶや》きをしてしまう平塚《ひらつか》先生なんかには、それこそピンと来ない言葉なんじゃないだろうか。

結婚は人生の墓場、なんて。

HR《ホームルーム》直後、またぞろ呼び出しを食らって説教ついでに軽い雑用を手伝わされていた俺は、思わず平塚《ひらつか》先生のほうを見やり耳をそばだてる。すると微かに漏れ聞こえてくる、悲痛な呟《つぶや》き。

「結婚、か。若い頃は、時が来れば自然に、なんて思っていたが……。はぁ。辛いなぁ……」

誰かぁ！　誰かお願いだから、先生をもらってやってくれよぉ！　じゃないと俺がもらっちまいそうだよぉ！

喉元から嗚咽《おえつ》とともにそんなシャウトが迸《ほとばし》りそうになるのを、俺は懸命に堪《こら》えた。なんなら市役所まで婚姻届を取りに行って入籍をお願いしちゃう勢い。どころか記入済みの婚姻届の写真をSNSにアップして『本日、付き合っていたお相手と入籍しました☆　絶対幸せになります☆』とかアホほどどうでもいい幸せアピールでフォロワー減らしちゃうまである。

「あの、先生？」

と、俺はその意気消沈《いきしょうちん》といった様子の背中に声を掛けた。

「えっと、大丈夫すか？　なんか、元気ないみたいですけど」

「ん？　あぁ……」こちらを振り返った平塚先生は、どことなく血色の悪い顔に力ない笑《え》みをたたえて。「いや、なんでもないんだ、比企谷《ひきがや》。なんでも、な……。はぁ……」

なんでもないと口では言いつつ、平塚先生の口から零《こぼ》れ落ちる深い溜息《ためいき》。

その悲壮な姿に、俺は数週間前のある日のことを思い出していた。

そう、あれは由比ヶ浜《ゆいがはま》の誕生日会を終え、カラオケから帰る途中のこと。

俺たちは見た。見てしまった。おそらくは婚活パーティーが不発に終わり、ヒトカラに興じていた平塚先生の姿を。そして。

『はぁ……結婚したい……』

そんな悲痛過ぎる言葉を残して去って行く、煤《すす》けた背中を。

あれからというもの、平塚先生はどこか落ち込んでいる風だ。

朝のHRや授業中でさえ溜息は多く、いつもの熱い少年漫画テンションもどこへやら。

『ねぇ、ヒッキー。気のせいかもだけど、なんか最近、平塚先生元気なさげじゃない？』

とは、昨日の放課後、部室で心配そうにしていた由比ヶ浜の言だ。

『放っておいてあげなさい。きっと先生も悩んでいるのよ。適齢期だもの』

とは、同じく居合わせていた雪ノ下《ゆきのした》の言だけど、やばい。あの女の容赦のなさがやばい。怖い。たぶん人としての心とかとうになくしちゃってる。俺が家臣なら「王は人の心がわからぬ……」とかいって離反しちゃうレベル。マジかよ、あいつ騎士王だったのかよ。「比企谷くん、あなたが私のマスターだなんて不愉快なのだけれど」とかいって即座に裏切ってきそう。

それはさておき、ここ最近の平塚先生の気落ちっぷりはちょっと心配になってしまうレベルである。これを慰めるには、もはや俺が婿になる覚悟で婚姻届を提出するしかなさそうだが、流石《さすが》にそんなことするわけにもいかないので、畢竟《ひっきょう》、俺ではどうしようもない。

俺は再び、なんだかやけに小さく見えるその後ろ姿に視線を投じた。

すると、遠く聞こえる蝉の声に紛れて、幽《かす》かに響く悲しげなつぶやき。

「はぁ……。結婚。結婚、か。はぁ……」

——結婚は人生の墓場だと人は言う。

そして、これはそんな言葉に果敢に挑んだ一人の女性——平塚静《ひらつかしずか》（未婚）の戦いの物語である。

× × ×

さて、ことが動き出したのは、それからしばらくあとのこと。

「なぁ、比企谷《ひきがや》。仮になんだが……」

と、平塚先生が急にそんなことを切り出したのは、職員室での雑用を終え、先生も奉仕部に用事があるってことで二人で部室へと行く中途のことだった。

「これは仮に、あくまでフィクションであり、実在の人物・団体とは一切関係のない、仮にの話なんだが」

「なんすか、その怒濤《どとう》のフィクション前提推し……」

そこまで仮に仮に言われると、もはやノンフィクションにしか聞こえない。なにこれ、なんてドキュメンタリーが幕開けちゃうの？

「仮に、ここに妙齢の女性がいるとしよう」

「はぁ、妙齢の女性が」

「うむ。千葉在住で、高校の教師をしている」

「いや、いきなり『仮に』って前提が次元の彼方《かなた》までぶっ飛んでんすけど。千葉で教師って、それ明らかに先生のこと……」

そのとき、風が吹いた。俺の頬《ほお》まで数センチの空間を、平塚先生の鉄拳が切り裂いていた。

「……なにか言ったか？」

「い、いえ、なにも……」

「ならいい。私も拳《こぶし》を血で染めたくはない。ルミノール反応が出ると困るしな」

事件に発展することを視野に入れた懸念の仕方に、思わず尿的ななにかが漏洩《ろうえい》しそうになる俺だった。つーか、そのルミノール反応って言葉、絶対コナンで知っただろ。漫画で知った雑学でドヤる大人ってちょっと……。

「大体、千葉県内に妙齢の女性教師が何人いると思っている？　まさか、それが私だという証拠でもあるのかね？」

「…………」

まぁ、そりゃ証拠はないですけど、でも話の流れからして明らかに……。や、いいすけどね、どうしてもその前提で話したいってんなら俺は別に。

「えっと、それで？　その仮の女教師の仮子ちゃん先生が？」

「うむ。彼女は、まぁなんというかアレだ。年齢的なこともあって、結婚願望が日増しに強くなっているのを感じていてな。あっ、いや、でもだからといって焦《あせ》ってはいないぞ？　別に、普通にしていれば結婚は出来るだろうことは、無論わかっている。本当だぞ？　ただ、あまり出会いのない環境ということもあって、ナイーブになっているだけなんだ」

「いや、どんだけ仮子ちゃんの為に言い訳してんすか。っつーか、やっぱ完全に先生のことでしょそれ……」

途中から徐々に平塚《ひらつか》先生自身の弁にすり替わっちゃってるし。聞き流すにしても限度ってものがある。

「おい、比企谷《ひきがや》、千葉県内に妙齢で、かつ結婚願望のある女性教師などごまんといるだろう。あまり適当なことを言ってくれるなよ？」

「…………」

いや、そこまで検索ワード増やしちゃうと、結構、数絞れてきちゃうと思いますよ流石《さすが》に。別にいいんですけど。

「ちなみに、彼女の容姿についてだが、まぁ、そこそこ美人と言えるだろう。スタイルもいいほうだ。妖艶《ようえん》な色香を放つ女豹《めひょう》タイプといったところか」

「だから、それも明らかに先生のことで……」

「っ！　そ、そうか！　君から見ても、やはり私はそういうタイプに見えるか！」

「ちょ、なに自分に都合のいいとこだけ素直に飲み込んでんすか、ひとまずは否定しろよ！　つか『仮に』って設定、もうちょっと丁寧《ていねい》に使えよ！」

怒濤《どとう》の勢いで平塚先生は語るに落ちていた。

だが、あくまで仮に、ということで先生の話は続く。

数週間前のことである。彼女はとある婚活パーティーに参加し、途中で追い出されてしまうという失態を犯してしまったんだとか。

その詳細については敢えて触れるまい。なんか、触れたら怒られそうだし。

で、婚活パーティーを追い出され、心に傷を負った彼女は、ふとこんなことを考えついたのだという。

「そうだ、『オタ婚』というのはどうだろう？　とな」

ここでひとつ注釈しておくと、『オタ婚』とはすなわち、オタクであることが参加条件になっている婚活パーティー全般を指す言葉である。

今じゃそういう風潮は希薄化されているとはいえ、『オタク』というステータスに付いて回るマイナスイメージ……いわゆる非リア充感、陰キャ感は未《いま》だ根強い。

そういった層にも門戸を開きつつ、自分の趣味に理解のある同好のパートナーを探そう、というコンセプトの婚活パーティー。それがオタ婚である。

「彼女は、一定の漫画やアニメをいたく好んでいてな。きっと、そこでなら話も弾むのではないかと、そう思ったわけだ」

ふむ、ここでいう一定の漫画・アニメとは、すなわち平塚《ひらつか》先生の好みなので、『スクライド』とか『るろ剣』とか、つまりは熱い少年漫画ノリ方面のあれこれを指すのだろう。

「あー、いいんじゃないすか。その辺の作品を女の人が好きつったら、普通に男オタも喜んで食いつきそうですし。なにがダメだったんすか？」

「いや、それがな……」

と、苦虫を嚙《か》みつぶしたような表情で、平塚先生は語り始める。

オタ婚パーティーで起こったという、その悲劇を。


『ねぇ、ちょー見てみ？　あんな気合い入ったカッコなのにお一人様なんですけど、あそこにいる人（笑）。うわぁ……（嘲笑）』

と、そんな陰口を叩《たた》かれてしまうような始末だったのだ。オタ婚当日の平塚先生の有様は。

理由は簡単。ヒントは、前述の悪口のなかにも含まれている。

『あんな気合いの入ったカッコなのに』そう、平塚先生の敗因はつまりそれだ。

パーティー当日。今日こそはと期待に胸を膨《ふく》らませた平塚先生は、自身の出来得る限りのコーディネートで会場へと赴いた。

大胆な漆黒のドレスに、シックな色合いのボレロを羽織り、首元にはパールのネックレス。

会場には、どちらかといえばラフめな装《よそお》いの女性が多かったのもあって、平塚先生はその場で最も華々しい女性の一人だっただろう。

そして、いまにして思えば、それこそが悲劇の始まりでもあった。

なぜか？　簡単だ。平塚先生はあまりにも理解していなかったのだ。オタクと呼ばれる男たちの生態を。いや、オタクと一口に言っても、ここまでオタク文化が浸透したご時世じゃ、色んなタイプがいる。いわゆる陽キャ的な、オシャレで社交的で派手なやつだっているだろう。

だが、その日のオタ婚にやってきていた彼らの大半は違った。どちらかといえば内向的で、好きなアニメや漫画なんかの話じゃ盛り上がれるけど、オシャレには疎《うと》く、女性経験もそんなに豊富なわけじゃない、つまり悪い言い方をすれば陰キャ寄りのオタクたち。そして、そんな彼らの目から見て、平塚先生はどう映るだろうか？　超気合いの入ったドレスで着飾り、美人でスタイルも良い女性。そんな女性と自分とを引き比べ、彼らはきっとこう思ったはずだ。

『綺麗《きれい》だけど、ちょっとお高そうでとても声なんて掛けられないな……』と。

そりゃそうだ。もし俺が彼らの立場だったとしても、同じように気後れする。

かくして、平塚《ひらつか》先生は男性に声を掛けられることもなく、かといって自分から声を掛けても色よい反応も得られず、会場のど真ん中でそれはそれは悲しいお一人様状態。

そんな惨状のなか、どこかから聞こえてくる女性からのクスクスという笑い。

『うわ辛ぇー。あーんなに気合い入れてんのにお一人様て（笑）。可哀相だから誰か声かけたりーよ男どもー』

『ねー。流石《さすが》に必死すぎて草なんすけどアレ。ちょ、どんだけガッツついてんすか、的な？　ねぇわー、いくら顔よくてもアレはナシ寄りのナシだわー。つか、痛《い》ったぁ』

痛ったぁ……痛ったぁ……痛ったぁ……。

微かに聞こえてきた嘲笑《ちょうしょう》は、そんな昭和アニメ風の演出さえ伴って響いてきたという。

「……正直、その後のことはあまり憶えていなくてな。気づけば自宅の玄関で寝ていた」

「玄関でって、どんだけ飲んでたんすか……」

大人とは、かくもアルコールに寄り添い生きているものらしい。しかし、アルコールでは洗い落とせない恥もある。

以降、その日のことはトラウマとなって、夜ごと平塚先生を苦しめたという。

心ない悪口への怒りはあるものの、しかし、たしかに自分は必死すぎたのかもしれない。

いいや、そもそも通常の婚活パーティーで上手くいかないからと、オタ婚に参加したのがそもそもの間違いだったのではないか？　オタ婚ならば上手くいくだろう、その魂胆の底にはオ夕婚ならば通常のパーティーよりレベルが低いのではないか、そこでなら私も……という見下しが混じってはいなかったか？　煌《きら》びやかなドレスに袖《そで》を通すとき、会場に来たどの女性よりもちやほやされる自分を想像しほくそ笑《え》んではいなかったか？　婚期を逃すことに焦《あせ》るあまり、そんなしっぺ返しを食らって当然の痛い勘違い女に、自分はなってしまっていたのではないか？

「なぁ、比企谷《ひきがや》。君はどう思う？」

そこまで語った平塚先生は、どこか虚ろな目で尋ねてくる。

「これはあくまで仮の話だが、こんな女性をどう思う？　君のような若者の目から見て」

「先生……」

仮にっていう設定まだ生きてたんですね、流石に往生際《おうじょうぎわ》悪いと思うんですけど……。

いや、つーか知らねぇよ。こんな悲しすぎる婚活失敗体験談、受け止めきれねぇよ。なんで担任からこんな重たい話聞かされなきゃいけないんだよ。こういうのは俺じゃなくて発言小町にでも投稿して欲しい。でもって『婚活パーティーですか（笑）。大変ですね（苦笑）。ちなみに私の夫の年収は二千万です』とかいうクソみたいな返答でももらって欲しい。

「おい、比企谷。遠慮するな。君の本音を聞かせてくれ」押し黙る俺に、平塚先生はもはや涙目で迫ってくる。「やはり、こんな女性は痛いと思うか？　結婚など一生無理だと思うか？　どうなんだ!?」

「ちょ、近い近い！　だ、大丈夫ですよ。たぶん、その人も結婚できますってそのうち……」

「おい、適当なことを言ってるんじゃないだろうな？　天地神明《てんちしんめい》に誓って、それが本音だと誓えるか？　嘘《うそ》を吐《つ》けば、この律する小指の鎖《ジャッジメントチエーン》がお前の心臓を握り潰《つぶ》すことになるぞ！」

「いや、ネタのチョイスがオッサンくせぇ……」

ていうか、もう必死過ぎて色々ダメだと思う。いや言えませんけどね、そんな酷《ひど》いこと。

だが、まぁたしかに、そのオタ婚とやらでの失敗はかなり痛手だったに違いない。ここ最近の平塚《ひらつか》先生の落胆ぶりも頷《うなず》けるほどの惨劇である。

惜しむらくは、そんな愚痴《ぐち》を聞かされたところで、一介の未成年に過ぎない俺にはなんの慰めも助言も出来ない点だ。もうなんと言っていいのやら俺にはさっぱりわからない。

しかし、とりあえず適当なお為《ため》ごかしで機嫌はとっておこう、表面上は。

「だ、大丈夫ですって。先生、美人ですし、そのうちいい人が見つかりますって」

「そのうちいい人が、だと？」

が、そんなお為ごかしは逆に地雷だったらしい。その両眼に修羅《しゅら》を宿らせた平塚先生は俺の顎《あご》をガシッと摑《つか》むと、ドスの利いた声で。

「比企谷《ひきがや》。では、どうしてお前の言う『そのうち』が一向にやってこない？　私のどこに落ち度がある？」

「ちょ、怖い怖い怖い！　いや、強《し》いて言うならこれだろ！　正にこういうところだろ！」

キレるとすぐ手を出すとことか、あといちいちアニメの趣味が熱血的なところとか、煙草《たばこ》吸う仕草がちょっとオッサン臭いところとか……って、改めて数えだしたらキリないだろ！

その後も、そんな不毛極まりないやりとりが幾ばくか続き。

「あぁ……、結婚したい……！」

不意に漏れた平塚先生の悲しげな呟《つぶや》き。或いはそれが、天に坐《ざ》す我《われ》らがゴッドに通じたのかもしれない。次の瞬間。


「――もはははは！　その願い、しかと聞き入れた!!」


バサァッ！　その男は、暑苦しいコートをはためかせながら、廊下の角から現れた。

逆光を背負ったずんぐりむっくりなシルエット、手首には謎のパワーリスト、本人の放つ熱気のせいか曇った眼鏡《めがね》がキラリと光る。

ま、間違いない、あれは！　……えっと、誰だっけあの人？　ちょっと記憶にないけど。

「な!?　ざ、材木座《ざいもくざ》!?　いつからいたんだ、君は!?」

と、突然のご登場に驚く平塚先生の言葉で思い出した。

あぁ、そうだ材木座くんね。あまりにどうでもいい情報過ぎて、脳が無意識下に忘却してたわ。なんなら現在進行形で再び忘却してしまう勢い。で、お前、誰？

「もはは。無論、最初から聞かせてもらっておりましたぞ。この溢《あふ》れ出る膨大な『気』に気づかぬとは、どうやら我《われ》の光学迷彩《サスペンドモード》は今日も絶好調のようですな。のう、八幡《はちまん》？」

「うぜぇ。登場して三秒でうぜぇ……。つか、なに盗み聞きしてんだよ、プライバシー侵害で家裁に突き出すぞマジで」

「くくく、八幡。いいや、強敵《とも》よ。このような火急の事態に我を呼ばぬなど水くさいぞ」

呼ばねぇよ。どんな火急の事態であってもお前だけは呼ばねぇよ。てか人の話、滑らかにスルーすんなよ。俺が露骨に『うわ、めんどくさい人来ちゃったー……』的オーラを出していることなどものともせず、材木座《ざいもくざ》はにやりと笑ってこう宣言した。

「ご安心めされい！　剣豪将軍である我が来たからには百人力ですぞ!!　平塚《ひらつか》先生!!」

「な、なに？　材木座、君はいったいなにを言って……」

戸惑う平塚先生からの問いもなんのその。材木座は更にこう続けた。

「この材木座義輝《よしてる》、このような事態をみすみす見過ごすような男ではない。八幡よ、我も力を貸そう。なぁに、我とお主が組めば、倒せぬ敵などおるまいて！　ぐらばばば!!」

「うん、いやだからさ……？」

お前はいったいなに言ってんだよ？

×　×　×

必勝！
オタ婚攻略法！

材木座義輝★直伝
オタク男子を落とす為の108カ条

第1条　オタクをバカにしない

むしろ話に乗って
くれるとより good!!

第2条　深夜アニメの話をしても引かない

第3条　家にアニメの抱き枕があっても軽蔑しない

第4条　PCのデスクトップにエロゲのショートカットがあっても
見て見ぬフリしてくれる

第5条　ipodに声優ソングばかり入ってても
一緒に二股イヤホンで聞いてくれる

一緒にデュエット曲を
歌ってくれるでもOk!!!

第6条　カラオケでアニソン歌っても
フルテンションで合いの手入れてくれる

第7条　ラノベ作家志望のワナビでも応援してくれる

第8条　指ぬきグローブをカッコいいと言ってくれる

第9条　夏にコートとか着てても
『なに着てんの？www脱げよwww』とか言わない

第10条　太ってても、『ぽっちゃりしてて可愛い』と言ってくれる

傷つきます

第11条　我がソシャゲでアイカツしてても
『うわこいつきめぇwww』とか言ってバカにしない

第12条　我と目が合っても『うざ……』とか言って舌打ちしない

傷つきます

第13条　電車で我が隣りに座っても
『キモ……』とか言って席移動しない

†次ページへ続く…†

やめてください(泣)

イラスト：ぽんかん⑧

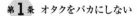

……と、そこまで読んだ辺りで、俺は紙面から視線をあげた。

なんだろう。なにかとんでもなく気持ち悪い文書を読まされてしまった気がするが、これは一体？　あ、もしかしてゴミかな？　うんゴミだわ。ゴミなら捨てよう、分別して捨てよう。

「おーーーーい！　待つのだ、はっちまーーーーんー！」

俺が限りなくゴミ的なニュアンスの用紙を文字通り八つ裂きにしようとすると、この文書を作成した本人、つまりは材木座《ざいもくざ》の大音声がサイゼの店内に響き渡った。

「ど、どうした？　我《われ》の企画書のどこが気に入らなかったというのだ？　せめて感想くらい言うのが礼儀というものであろう？」

「いやもうこれが限りなく素直な感想だっつの。言葉より行動で示す男なんだよ俺は。ゴミは分別して捨てる地球に優しい男なんだよ俺は」

「んがっんぐ！」俺の返答に、なにやら気色の悪い奇声を発するゴミ生産者こと材木座。

「わ、我が夜を徹して案じた必勝の策が、ご、ゴミ……」

などとぶつぶつなにやら呟《つぶや》いているが……これが必勝の策、ねぇ。

俺は手渡されたゴミもとい、その必勝の策とやらがしたためられた『企画書』に再び目を落とした。自然、思い出されるのは、つい昨日のことである。

『戦いによって砕かれた矜持《きょうじ》は、戦いによってしか取り戻せはせぬ。そうは思わんか、八《はち》幡《まん》？』と、急に現れた材木座は、唐突にそんなことを言い出したのだ。

戦いによって云々《うんぬん》、というのはつまりは平塚《ひらつか》先生がオタ婚で犯してしまったアレやコレのことを指しているのだろう。なるほど、たしかにそれは道理である。

たとえばPTSD、俗にトラウマと呼ばれる症状の治療法は、そのトラウマになった原因そのものと対峙《たいじ》するところから始まるという。いわゆるエクスポージャー療法ってやつだ。

『ふっ。古来より、戦いに敗北した主人公が再び立ち上がり、最後は勝利するというのは王道パターンというものよ。そこにロマンがある。ワンピ然《しか》り。ナルト然り』

でも材木座がそんな小難しいことを考えてるわけもなく、ただただ中二病的発想からの発言でしかなかった。

『とにかく此度《こたび》の一件、この剣豪将軍・材木座義輝《よしてる》が預からせてもらう！　なに、我に万事任せておけい！　悪いようにはせん！　ぐらばばば!!』

てなわけで、翌日の放課後。材木座に最寄りのサイゼまで呼び出され、渋々顔を出してみると、斯様《かよう》に訳のわからん怪文書を読まされてしまった現在。

それで、結局これはなんなんだよ？　と尋ねれば。

「ぬふぅ？　見ての通り、オタ婚における必勝の策を記した企画書《秘伝書》であるが？」

ねぇよ。そんなピンポイントに行き届いた必勝法はねぇよ。つか、企画書ってなんだよ。なんでそんな無駄な体裁とってんだよ。

「なぜと言われてものう。ほれ、我《われ》といえば将来ラノベで巨万の富を得るであろう？」

「いいえ？　そんな予定は初耳ですけど？」

「そして売れっ子ラノベ作家というのは、言ってしまえばオタクから金を搾取する存在なのだ。世に蔓延《はびこ》る売れっ子作家など、自らのファンを金づる程度にしか思っていないに違いあるまいて。つまり、オタクの好みや弱点などすべて知り尽くし、彼奴等《きゃつら》めに金を落とさせる能力のある人間こそが、売れっ子への階段を駆け上がることができる。そう、我のようにな！」

「すげぇ。怒濤《どとう》の勘違いが留まるところを知らねぇ。幸せ回路がそろそろ焼き切れんぞ」

そんな妄想を炸裂《さくれつ》させてる暇あったら、はやく原稿を完成させてほしい。ていうか、売れっ子ラノベ作家はそんなひどいこと考えてないと思う。知らんけど。

「言ってしまえばオタ婚にいる男の女性の好みなど我にかかれば一目瞭然《いちもくりょうぜん》！　であるならば、オタ受けする女性像を提示し、平塚《ひらつか》先生をオタ婚成功へと導くなど造作もないと。そして、その指針こそがこの『オタク男子を落とすための百八カ条』なる文書であると。

「我は将来、計算高い企画力によってヒットを飛ばす男であるからな。ついつい筆が先走り、企画書という体裁をとってしまった。やれやれ、己のマーケティング能力が恐ろしい……」

「恐ろしいのはお前の卓越した妄想力だろ。つか、にしても酷《ひど》すぎるだろこれは」

途中から明らかにお前の実体験とか並んでるし。こいつの普段の私生活がわずかに垣間見えて悲しいわ。

「ぬふぅ。そうは言うがな八幡《はちまん》。ぶっちゃけ、世のオタクたちの願望などこの程度ではあるまいか？　ソースは我」

「いや、そりゃまぁ……」

オタク男性、ってよりかは非モテに属する男の願望ってこんなもんかも、って部分があるような気はするけど。ソースは俺。まぁ、かと言ってこれが役に立つとはまったく思えんけど。

というか、そもそもこの話、平塚先生はちゃんと納得済みなんだろうか？

たしか、昨日の平塚先生といえば、『いや材木座《ざいもくざ》。申し出はありがたいが、しかし職業倫理上、教師が生徒に婚活で手助けされるのには……』とか『というか、そもそもこれは私の話ではなく、あくまで仮の話なんだが……』とか言って、最後まで拒否していたと思うんだが。

などと、考えていると携帯が震《ふる》えた。どうやらメールを着信したらしい。なになに……？

From 平塚　to 比企谷《ひきがや》　件名：進捗《しんちょく》伺い

材木座くんから詳しい話は聞きました。比企谷君も、私の次なるオタ婚成功のため、プロデュース業に勤《いそ》しんでくれるそうですね？　二人の助力には私も期待しています。私のほうは効果があるかはわかりませんが、県内の縁結び神社などのパワスポを巡って、良縁を引き寄せる宇宙的パワーを溜めようと考えています。実は千葉には有名なスポットもいくつかあって――

俺は、そこまで読んでそっと携帯をしまった。

「ぬぅ？　どうした八幡《はちまん》？　返信しなくてよいのか？」

「いや、スパムだったわ。なんか、もうすぐ死ぬ大富豪が俺に遺産を渡したいらしい」

あの人は病気だ。

結婚とは、迫る婚期とは、人から正常な判断を奪う忌《い》むべき存在だ！　婚活、ダメ絶対！

「ふむ。では、プロデュース案のほう修正していくとするか。我《われ》としては……」

というわけで、材木座《ざいもくざ》with俺で送る緊急プロジェクト『しずか。をプロデュース』はこうして幕を開けたのだった。え？　with俺で送っちゃうの？　そこは頑《かたく》なにfeat.比企谷《ひきがや》八幡なの？

正直、あんまり関わりたくないんですけど……。

×　×　×

はてさて、そんな感じで始まってしまった平塚《ひらつか》静《しずか》育成計画。

なんでも翌々週の土曜によさげなオタ婚パーティーがあるとのことで、その日に焦点を絞って俺たちは計画を進めることとなった。

てわけで、キャンペーン一日目。

翌日の土曜、夕方から材木座に呼び出され、渋々サイゼに顔を出してみると、

「――時は満ちた。これより計画を最終フェイズに移す。準備は出来ているな、冬月《ふゆつき》？」

「はえぇよ。計画が最終フェイズに到達すんの、あまりにもはえぇよ」

例の産廃企画書作成からわずか一夜、気づけば計画完遂は目前らしかった。この碇《いかり》指令、あまりにも仕事が早すぎる。三十分単話で物語が完結するOVA並みのテンポのよさである。

「もはは、当然だ！　ラノベ作家とはなによりも生産スピードが命であるからな！　どんなゴミカスクオリティのものしか書けずとも、出版点数を安定して補える手の早い作家こそが編集には重宝されるという。すなわち、もはや我も売れっ子同然ということだ！　女性声優さんと結婚したも同然ということだ！」

「いや、ネットで仕入れた嘘《うそ》臭い業界情報をソースにポジティヴが過ぎるだろお前……」

もう脳神経に興奮作用とか催《もよお》すお薬服用してるとしか思えないポジティヴ思考。お巡りさんにお世話になる前にちゃんと更生して欲しい。

「はぁ、それで？　てことは、アレか？　昨日のあのクソみたいなプロデュース案はもう固まったってことか？」

「うむ、然《しか》り。まぁ、神作家である我のプロデュースであるからな。完璧《かんぺき》であることは決まり切っているが、如何せん素人《しろうと》の感性では理解出来ぬ可能性もあろう。念の為、一度実物を見て

の感想を聞こうと思ってな」

「おい、そのナチュラルに自分は素人《しろうと》ではないかのような発言やめろ」

　お前もゴリゴリの素人だろうが……って、実物を？

「え、なに？　ってことは今日は企画書じゃなくて、直に平塚《ひらつか》先生が来んの？　ここに？」

「その通り《イグザクトリィ》！」材木座《ざいもくざ》は鬱陶《うつとう》しいことこの上ない巻き舌とともに頷《うなず》く。「楽しみにしておくがいい。そして刮目《かつもく》して見よ！　我《われ》のプロデュースにより変貌《へんぼう》を遂げた、かの聖女の真の姿を！」

　おいおい、マジかよ。昨日の今日でそこまで事態が進行しちゃうって、仕事の早さが敏腕プロデューサーのそれじゃねぇか。まさかこいつ、本当に神Pだったりするんだろうか？

　天才・つんく♂、中田ヤスタカに続く新たな可能性を秘めた材木座の……いいや、材木座Pの眼鏡《めがね》は陽光に反射し、やたら知的にキラーンと輝いて見えた。

　まぁ、それがただの勘違いであったことは言うまでもない。

　十分後、店に現れた平塚先生はひとことではとても言い表わせない、あられもない姿をしていた。

　材木座の姿を見つけると、平塚先生は怒り心頭＋ちょっと涙目というアンビバレンツな表情で猛然とダッシュしてきて。

「お、おい、材木座ッ⁉」

バン！　テーブルを強く叩《たた》き喉を震《ふる》わせ叫ぶ。

「おい、材木座、これが本当に『史上最強にして至高のモテ服』なのか⁉　さっきから道行く人が痛々しいものを見るかのような目で私を……って、比企谷《ひきがや》⁉　君も来ていたのか⁉」

「いや、なんつーカッコしてんすか、先生……」

目を白黒させる平塚先生にそう言うと、ただでさえ紅潮していたその顔は、ほぼ茹でダコレベルまでみるみるうちに赤くなっていく。そりゃそうだろう。それほどまでに、材木座のプロデュースにより変貌した平塚先生の服装はアレだった。

『童貞を殺す服』

というミームが、かつてネット上で拡散されたことを憶えているだろうか？　ニュアンスとしてはそれに近い。

襟元《えりもと》に真っ赤なリボンがあしらわれた純白のブラウスに、それとは対照的な色合いの真っ黒い肩紐《ひも》付きのコルセット。そのコルセットは腰のくびれを際立たせ、それによってブラウスを押し上げる胸の豊かさがより強調される。下半身を包むボリュームスカートは全体にファンシーな印象を強く与え、そこからはカモシカのような長く美しい脚が伸びていた。

清楚《せいそ》と淫靡《エロス》の高次融合、などと材木座はバカげたことを言っていたがたしかに言い得て妙だ。清楚なんだがエロい、エロいんだが清楚、という奇跡の調和がもたらす魅力が、俺の童貞センサーをビンビン刺激していた。

それはそれとして、いい年こいてこんな格好しちゃって恥ずかしくないのかな、とも素直に思った。

「えっと、色々言いたいことはありますけど……。とりあえず、先生って正確には今年でいくつなんですっけ？」

「ぐはぁっ！」

血を吐くような呻《うめ》き声とともに、床に膝を突く平塚《ひらつか》先生。次いで涙混じりの声で。

「言うな、比企谷《ひきがや》っ！　それ以上は……っ！」

「あっ、いえでも思いの外大丈夫っすよ。なんか年齢とのギャップで逆にナシ寄りのアリ……」

「比企谷ァ、歯を食いしばれぇ！　衝撃のォっ！　ファーストブリットォ！」


――後に材木座《ざいもくざ》は斯《か》くの如く語った。

「これぞ、『対オタク用決戦兵器・無垢《むく》を射殺す鉄処女』その真の力！　メルヘンチックかつ少女趣味な服装をあえて年嵩《としかさ》な女性が身に纏《まと》うことにより、その聖女力は無限大に跳ね上がるという！　童貞は死ぬ。我《われ》も死ぬ」

さすが材木座さん、相変わらずの残念クオリティ。お前に期待した俺がバカだったぜ……。

だけど、こういう格好して照れちゃう年上の女性ってのもいいものですね、とちょっと思ってしまったのは内緒。

——奇抜なことをするのはやめよう。やるなら地道に、堅実に、安パイな方向でいこう。

×　×　×

そんなシビアな方向性が、後日、平塚《ひらつか》先生の口から示されたのは言うまでもない。

材木座《ざいもくざ》のプロデュース案にまんまと乗せられ、見事に赤っ恥をかいた平塚先生は後にあの日のことをこう述懐する。

「血迷っていたんだ……。なぜかイケる気がしてしまったんだ……。徹夜明けテンションだったんだ……」と。

このような悲劇をこれ以上繰り返してはならない。仮に、あの格好で再び婚活パーティーに参加しようものなら、きっと平塚先生は自ら死を選んでいたことだろう。

というわけで、『しずか。をプロデュース』開始数日にして、早くも大きくシフトチェンジ。新たな方向性を探っていくこととなった。

「ぬーん。して、次なる策はあるのか、八幡《はちまん》？」

「いや、そこはお前が考えるんじゃねぇのかよ……」

と、ツッコミはしてみたものの、このまま材木座に任せきりじゃどうせ同じようなオチになるのは目に見えてる。

ここは新たなプロデューサーを据えて計画を練るべきだろう。

では、その新たなプロデューサーとは誰か？　そんなの言うまでもない。

３４６プロ随一と目される稀代《きだい》の敏腕・比企谷《ひきがや》Ｐこと、俺である。

×　×　×

そういうわけで、プロデュース案その②。

「俺が思うに、着てる服やらなんやら外見的なところからアプローチしようっていうのが、そもそもの間違いだったんですよ」

翌日の放課後。

お馴染《なじ》みのサイゼにて、俺は材木座と仕事帰りの平塚先生の二人を相手にそう力説していた。

婚活において……特に、オタク男性相手の婚活において最も重要視されるのは、顔や服装なんかを含む外見的な部分ではない、というのが俺の考えである。

では、この場合、その最も重要視される要素とはなにか？

「おい、比企谷。あまり勿体《もったい》ぶるな。考えがあるなら早く言いたまえ」

結論を急ぐ平塚先生に、俺はたっぷりとタメを作って答えた。

それは、たとえば異性を手玉にとって金銭を稼ぐプロフェッショナルたち。キャバ嬢やホストなんかに要求されるであろうスキル。

そう、つまりは『接待力』である。

——接待力。その胡乱《うろん》な言葉の意味するところをここでくだくだしく語るより、まずは実践してみたほうが早いだろう。ということで、俺は模擬演習《ロールプレイ》の実施を提案した。

「ロールプレイ？　というと、アレか？　接客業のバイトがたまにやらされる……」

そんな平塚《ひらつか》先生からの問いかけに、そうです、と短く答える。

ロールプレイ、という言葉の意味を辞書的に説明するならば「ある一定の状況下において、どのような対応・処置を施すのが適切であるか、各々がそれぞれの役割を演じ疑似体験することで導き出す学習法」ということになる。

つまり、たとえば飲食店でのバイトがクレーマーや迷惑な客にあたってしまったときなどを想定して、予《あらかじ》めどう対応するか即興演劇形式で学びましょうというアレである。少しニュアンスを異にするが、学校でやる避難訓練とかもロールプレイといえるかもしれない。

「とにかく、一回やってみればわかると思うんで。じゃあ、俺は平塚先生に声を掛けたオタク男性Aの役をやるんで、材木座《ざいもくざ》、お前は……」

「くくく、任せておけ。お主の考え、委細承知した……」

お前は特に役どころないから、会場の外に落ちてる小石にでもなりきって静かにしててくれる？　と言おうとしたところで、材木座は勝手に言葉を引き継いで宣言した。

「では、我《われ》はパーティーに宿敵《ヤツ》が現れると知り、一般人のフリをして会場に潜り込んだ抹殺者《イレイザー》の役でもやってやろう。なに、我とお主の仲だ。礼はいらぬ」

「いや、そんな役どころはねぇよ……」

誰なんだよ、その文中に突如として現れた宿敵《ヤツ》って。なにしにオタ婚会場までわざわざご足労頂いたんだよ、そんなやつ抹殺する価値ねぇだろ絶対。

ていうか、ちょっと相手にしてもらえない空気を察知したからって、無理矢理ぶっ込んで来るのやめて欲しい。


と、そんなこんなで、とりあえずロールプレイtake1。

想定シチュエーション……やたらマニアックなオタク知識を、さも知ってて当然でしょ？みたいな顔して語ってくるオタク男性A。

「えっと、それじゃあ先生……じゃなくて平塚さん。好きなアニメとかありますか？」

「お、おぉ、早速か。ふむ。好きなアニメ、というとやはりスクライドとか……」

その返答を聞いた瞬間、俺が演じる役であるところのオタク男性Aの眼鏡《めがね》がキランと光った。

いや実際に俺の顔に眼鏡が掛かっているわけではないけど、そこは各自想像で補って頂きたい。

「へぇ、スクライドですか……。いいですねぇ、スクライドっていうとやっぱり、いまも伝説になってるあの回の演出なんか有名な西城《さいじょう》さんがやってて、すごいクオリティでしたもんねぇ」

「ん？」

「あっ。西城さんといえば『ビジリアン・ウィザード』の監督なんかもされてましたけど、アレもよかったですねぇ。平塚《ひらつか》さんは西城作品で好きなのって、どの辺りなんですか？」

「ん？　ん？」

「え？　あれ？　平塚さん、もしかして……」

もしかして、西城監督をご存知ない？

そう言外に尋ねる俺の顔には実にリアルな苦笑が張り付いていただろう。やばい、俺の表情で魅せる演技がやばい。ヴェネチアやカンヌの映画祭で喝采《かっさい》を受けてしまうレベル。「ハチの演技はとてもエキサイティングで、エモーショナルだったわ。将来が楽しみな役者《アクター》ね」と、妖《よう》艶《えん》なハリウッド女優に絶賛されてしまいかねない。

それはそれとして、俺は調子に乗ってオタク男性Aの芝居を続けた。

「あっ、すみません（笑）。一消費者レベルでアニメ見てる人って、作り手のことまであまり知らないですもんね（笑）」

「………」

いいえ、そういう楽しみかたのほうが、結局、純粋に作品を鑑賞できて僕はいいと思いますけど（笑）。逆に羨《うらや》ましいですもん（笑）。僕なんて、作品見る前にまず制作スタッフのほうばっか見ちゃって、その手のバイアスなしにアニメ見るとかもう何年もしてなくて（笑）。まぁ、クリエイター目線で作品を鑑賞するのはそれはそれで――。

　俺の即興演技は留まるところを知らず、暴走する一人しゃべりに（笑）を乱舞させた。そのあまりのうざうざしさに材木座《ざいもくざ》は目を覆《おお》い、そして平塚先生は。

「おい、あまり調子に乗るなよ小僧……」

　平塚先生は俺の顎《あご》をガシと摑《つか》み、ドスの利いた声で囁《ささや》いた。

「比企谷《ひきがや》……。どうやら君には指導が必要なようだな？　多少アニメ方面の知識に明るいからといって教師にその態度とは恐れ入ったぞ」

「いや、ちがっ！　演技演技！　演技ですって！　これ俺じゃなくて、ありがちなオタク男性の一類型を写実したに過ぎないんですって！」

「なに？　ありがちなオタク男性だと……？」

　忌々《いまいま》しげな表情の平塚先生に、俺はそうですそうですと、ブンブン首を縦に振る。

　ほら、よくいるだろう。なんか頭にドがつくマイナーアニメの話題とか急に出してきて、「知ってて当然でしょこれくらい？」みたいな顔するやつ。こっちがそんなの知らないっていうと「はぁ、これだからにわかは……」みたいに難色示してくるやつ。つまりはそういうオタク像。テーマが難解だったり、古典的名作アニメだったりを見てるのが偉いと思ってるタイプ。

　個人的な見解だが、そういうタイプは攻殻機動隊の原作漫画を必ず所持してるし、なんかオススメアニメとかある？　って聞くと大体トライガンって答えてくる。逆にエヴァとかは小馬鹿にして、そんな自分をカッコいいと思ってる。

「ごふっ。お、おい、八幡《はちまん》。そろそろやめておけ。その攻撃は我《われ》に効く……」

「いや、お前を攻撃したつもりはさらさらなかったんだけど……」

でも、たしかに材木座《ざいもくざ》ってこういうオタク同士の会話でマウンティングとってきそう。「好きな漫画はぁ、ワンピースです☆」とか言う女にマウントしようとして、逆に「いやでもたしかにアラバスタ編までのワンピはエンタメとして完成してて……」とか言ってる更に強力な逆張りマウンティングモンスターに退治されてそう。

げに恐ろしきかな、オタクのマウンティング合戦。

「まぁ、とにかくオタク社会には少なからずいるんですよ。こういうコアな知識でマウントとって来ようとする輩《やから》が」

「はぁ、それはわかったが。では、どうしろというんだ？」

という平塚《ひらつか》先生のその疑問ももっともである。

「まさか、その手の相手とも会話ができるよう、それ相応の知識を身につけてオタ婚に望めということかね？」

「や、実はそれだと逆効果なんで」

なにせ、この手の輩というのは「え？　この程度のことも知らないの？」と面《おもて》では難色を示すものの、その実、腹のなかでは相手より自分に知識があることに気持ちよくなっているものだ。嬉々として難色を示す、という複雑怪奇な精神活動が人間にはあるが、たぶんそれ。

「で、まぁこういう相手にも上手く取り入ってコミュニケーションをとるのに必要なのが」

――接待力、というやつなのである。

接待力とは読んで字の如く、相手に接待する力を指す。

たとえばＳＮＳでキャバ嬢の愚痴《ぐち》アカウントとか見ると、彼女たちが言うところの『クソ客』相手にも営業中はニコニコ応対している様子が窺《うかが》えるだろう。より一般的な表現のなかでは忍耐力という言葉に近似するが、僅かにニュアンスを異にする。

オタクに限らず、男というのは女性にやたらと自慢したがるものだ。時に、相手にウザがられてしまうほどに。その裏返しには、女性に褒《ほ》められたいという本能的な欲求がある。

この自尊心を満たしてやる能力、それこそが接待力であり、婚活なんかで求められるモテ要素だと俺は思うのだ。

そして、その接待力を鍛えるのに必要な訓練こそ、このロールプレイ、というわけだ。

「たとえば、こんな風に急に知らんアニメの話とかされてイラッとしても、『うわぁ、○○さん、すごく物知りなんですね！　尊敬します！』って、これ。こんな感じに言っときゃ大体上手くいくんで、間違いなく」

「いや、そうは言うがな比企谷《ひきがや》。そう簡単にことが運ぶか？　流石《さすが》にわざとらしすぎるだろう？」

「大丈夫ですって。この接待力さえあれば余裕ですって。出来ますよ、結婚。親に見せられますよ、孫の顔」

その言葉は平塚《ひらつか》先生にとっていたくクリティカルヒットだったらしい。

「結婚……。孫……。う、うむ、そうか。君がそこまで言うならそうなんだろう。やってみようじゃないか」


そういうわけで、続きましてtake2。

「やっぱり湯浅《ゆあさ》作品っていうのは、前衛的な映像表現がキモだと思うんですよ（笑）。大衆には理解しにくい表現かもしれませんけど、やっぱりあのセンスは……痛！　ちょ痛たたた！　ギブギブ！　極まってる極まってる！」

「……あぁ、すまない。少しイライラしてまた無意識に関節技をかけてしまった。続けてくれ」

「あの、無意識下にそんな的確に関節技決めてくるのやめて欲しいんですけど……」

というか、反射で関節技かけてくる癖、切実に直してほしい。いや、まぁいいんですけど。

……じゃあ、気を取り直してtake3。

「それと、いまのアニメシーンを語る上で欠かせないのは痛たたた！　だから関節！　関節技極まってますから！　つか、まだ論旨にすら到達してませんから！」

「あぁ、すまない。無意識下にまた関節技が……」

この後にあったtake4以降についてはあえて語るまい。どうせ語るまでもなく、結末はわかりきっているだろうから。

俺の関節と、平塚先生のストレス許容量が限界に達した頃。

「というか、そもそもなんだが、そんな忍耐力が必要な相手ともし結婚出来たとして、その後の生活が上手くいくと思えないんだが……」

私も結婚出来れば誰でもいいというわけじゃないんだぞ、というそんな平塚先生の一言に、

「あー、そういえばたしかに……」と手を打ってしまったこともここではあえて語るまい。

なんだか、うら若き時間をあたら浪費している自分が悲しすぎるから。

×　×　×

と、まぁ、斯様《かよう》にして俺たちは二人立て続けに見事な空振りを演じてしまったわけだが。

「まったく、お主にはがっかりしたぞ八幡《はちまん》。よもや、あんな策とも言えぬ策を弄《ろう》してご満悦とは笑止千万《しょうしせんばん》！　やはり我《われ》のプロデュース案に頼るほかないようだのう？」

「あ？　お前のプロデュースのほうこそ、いたずらに先生にトラウマ植え付けただけだったろ。あれなら俺のほうが七兆倍マシだったたっつの」

「いやいやいや、お主に比べればまだ我《われ》のほうが」

「いやいやいや、お前に比べればまだ俺のほうが」

——結論、どんぐりの背比べ。

まぁ、こうしてお互いにくだらない見栄を張り合っていてもしょうがない。

翌日以降も、俺たちは引き続き『しずか。をプロデュース』に当たったのだが。

「……ぬぅ。やはりオタク男性を魅了してやまぬ神器といえば、猫耳は外せぬよなぁ」

とか。

「いや、んなもんつけてオタ婚行ったら、先生、今度こそ嫁の貰い手なくすわ」

「はぽん。であるならば、ここは巫女服やバニーガールという手もあるか。お主はどう思う?」

「………………(無視)」

とか。

連日、サイゼで俺と材木座《ざいもくざ》の二人は顔をあわせ、あーでもないこーでもないと議論を重ねたのだが、結局良案など思いつかず。

というか、そもそも論で申し訳ないが、俺たちのような女性経験が圧倒的に不足している男二人に、婚活攻略なんて土台ムリムリムリのエスカルゴだったのだ、最初から。

そんな今更なことを、俺たちがそろそろ理解しかけてきた頃。

事態は、思わぬところで急変していたのだ——。

『……しかし、病魔は知らず知らずのうちに加藤さん（仮名）を蝕《むしば》んでいたのです』

なんて文句を、ＴＶの医療番組なんかじゃよく聞くだろう。

そう、つまり異変は本人が気づかぬうちに、そっと近寄ってくるものなのだ。だが、気づいた時にはもう遅い。

加藤さん（仮名）はあたらその若い命を散らし、そして平塚《ひらつか》先生も……。

よくよく思い出してみれば、異変のサインはもうすでに出ていたのだ。

いつだったか平塚先生のメールにこんな一文が書いてあっただろう。

たしか、『婚活成功に向け、市内の縁結び神社なんかのパワスポを巡って、ゲン担ぎしてくる』とかなんとか。なんにつけ、神頼みを始める人間の末路なんてロクなもんじゃない。

だから、あれこそが、きっとそのサインだったのだ。

しかし、俺たちはそれをみすみす見逃した。だからこんなことになってしまったのだろう。

異変の始まりは、ある一通のメールだった。

×　×　×

From 平塚　to 比企谷《ひきがや》　件名：進捗《しんちょく》伺い

こんにちは比企谷《ひきがや》くん。
今日は、市内のパワスポをだいたい回り尽くしてしまったので、思い切って占い師の先生に会ってきました。

と、ここまではいい。問題はこの先。

なんでも、『超宇宙占星術師』という肩書きを持った高名な先生とのことで、とても興味深く話を拝聴したんですが、どうも私が結婚できないのは大いなる宇宙の意思が介在しているということで——。

「…………………………………………………………………………」

絶句。ただただ、ひたすらに絶句。
超宇宙占星術師ってなんだよ、どこのランカちゃんのパチもんだよとか、そんなヌルめのツッコミとか出来ない。ただただ絶句するしかない。
そして、翌日以降。この恐怖のメールは、俺の携帯に届き続けた。

From 平塚《ひらつか》　to 比企谷　　件名：進捗《しんちょく》伺い

こんにちは比企谷くん。今日もまた例の占い師の先生に会ってきました。

教師である私が「先生」というのも少し変ですね（笑）。けれど、先生の話はとても含蓄《がんちく》があり、私も大変尊敬しています。

聞くところによると、宇宙にはまだ科学技術では観測出来ない未知のエネルギーがあり、このエネルギーを浴びると人間の隠された運気を操作する力が――。

From 平塚　to 比企谷　　件名：進捗伺い
こんにちは比企谷くん。今日もまた占い師の先生に会ってきました。
なんでも、私の結婚を阻《はば》む宇宙意思の存在はかなり強大らしく、根本的な治療は難しいそうです。しかし、先生が言うには先代の超宇宙占星術師から受け継いだ、宇宙エネルギーの来光を溜めた壺があるらしく、それを買えば或いは……とのことでした。
ただこの壺が大変高価で、先生はある良心的な金融機関を紹介してくれると仰っているんですが、なかなか決心がつかなくて――。

ヤバい。ヤバい。ヤバすぎる。なにこれ？　『闇金ウシジマくん・おんなきょうしさん編』なの？　怖。未知の宇宙エネルギーってなに？　怖。

婚期に焦《あせ》る女性の精神的困窮を、俺は見誤っていたのかもしれない。あの平塚先生が、まさかこんなことになってしまうなんて。

無論、俺だって流石《さすが》にこの事態を看過するほど冷酷な男じゃない。

平塚《ひらつか》先生を制止するべく、ある日、朝一で訴えた。流石にその占い師はやべーですよ、と。

オセロ○島さんの悲劇をヒル○ンデスで見なかったんですか、と。

だが平塚先生は俺の言葉など意に介さず、挙句こんなことを言った。

「なぁ、比企谷《ひきがや》。神はどうして人に腎臓を二つ与えたもうたと思う？」

「…………………………………………………………」

知りません。知りませんけど、転売目的ではないと思います。


最早、俺の声など届かぬところにまで平塚先生は来てしまった。

ことここに至ると、俺たちに残された道はひとつ。週末に控えるオタ婚を、なにがなんでも成功させること。そして、平塚先生の腎臓を守り抜くこと。

「……期日はあと三日。失敗は許されねぇ。わかってるな、材木座《ざいもくざ》？」

「合点承知！　案ずるな八幡《はちまん》。我《われ》に二度目の失敗は、ない!!」

俺たちは考えた。

いかにして、このオタ婚を成功させるか。平塚先生を、どう結婚へと導くか。

俺たちは思考し、議論し、決定し、撤回し、肯定し、否定し、改良し、試行し、失敗し、再考し、策を練った。

店が閉店し、家に帰宅しても俺たちは徹夜で次なる案を考え、翌日の放課後にはそれらについてあらゆる検討をした。

致命的な睡眠不足故、常に靄《もや》がかかるのを堪《こら》えながら俺たちは話し合う。

時に、ドリンクバーでオレジューとメロンソーダを掛け合わせ、メロンジとか言って窒息寸前まで互いに笑ったのはその思考力低下が原因だろう。

議論、議論、メロンジ、議論、議論、メロンジ。

俺たちの議論は果てがないように思われた。しかし、この世に永遠のものなど存在しない。

終わりの刻は少しずつ近づいてゆき、そして――。

「材木座。これで完成、したのか……？」

「あぁ、これで完成だ……」

奇しくもそれはオタ婚前日のこと。もはや幾度通ったかわからないサイゼリヤにて。

完成したプロデュース案を見て、俺たちは我知らず、固い握手を交わしていた。

きっと、これなら平塚先生も目を覚ましてくれるはず……。

「さぁ、往くぞ八幡！　こいつは！　この光は！　我と！　お前の！　輝《プロデュース》きだ……あっ。ごめんなさい、うるさかったですよね気をつけます」

テンションが最高潮に達した材木座の決めゼリフは、周囲の客と店員さんたちに大顰蹙《ひんしゅく》を食らっていた。

×　×　×

そして、ついにやってきたオタ婚当日。

俺たち三人は会場である市内某所のテナントビル前で一堂に会していた。

「では、行ってくるぞ……」

そう言ってテナントビルへ向かう平塚《ひらつか》先生に、

「先生、マジで頑張ってください」

「武運長久をお祈り致す」

俺と材木座《ざいもくざ》はそう声を掛ける。

そしてそんな俺たちに、平塚先生は振り返らず、ただ無言で親指を立てた。その背中には、いつの日か「結婚したい……」そう嘆いていたあの日の面影はない。

ただ前を、未来を真っ直ぐ見据えて歩くその姿に、俺たちは胸を打たれた。

『――本当に、これが君たちの出した答えなんだな?』

昨夜、俺たちが完成させたプロデュース案を確認し終えると平塚先生は真剣な表情でそう問うた。それに俺たちが力強く頷《うなず》くと。

『……そうか。では、私も信じよう。君たち二人を』

連日、この一件で思い悩んでいた俺たち三人は、それまでのことが嘘《うそ》だったように笑った。

それほどに、俺たち三人は疲れていたんだろう。その緊張が緩《ゆる》んだことで、感情が一気に爆発したのだろう。

大丈夫、きっと上手くいく。

テナントビルへ消えてゆく平塚先生を見届けて、俺たちは帰路につくために歩き出した。

ふとポケットに手を入れると、俺たちのプロデュース案をまとめた企画書が、くしゃくしゃに丸められた状態で入っていた。

俺は無言でそれを広げて、再び目を通してみる。

そこにはこんな文言が羅列していたのである。

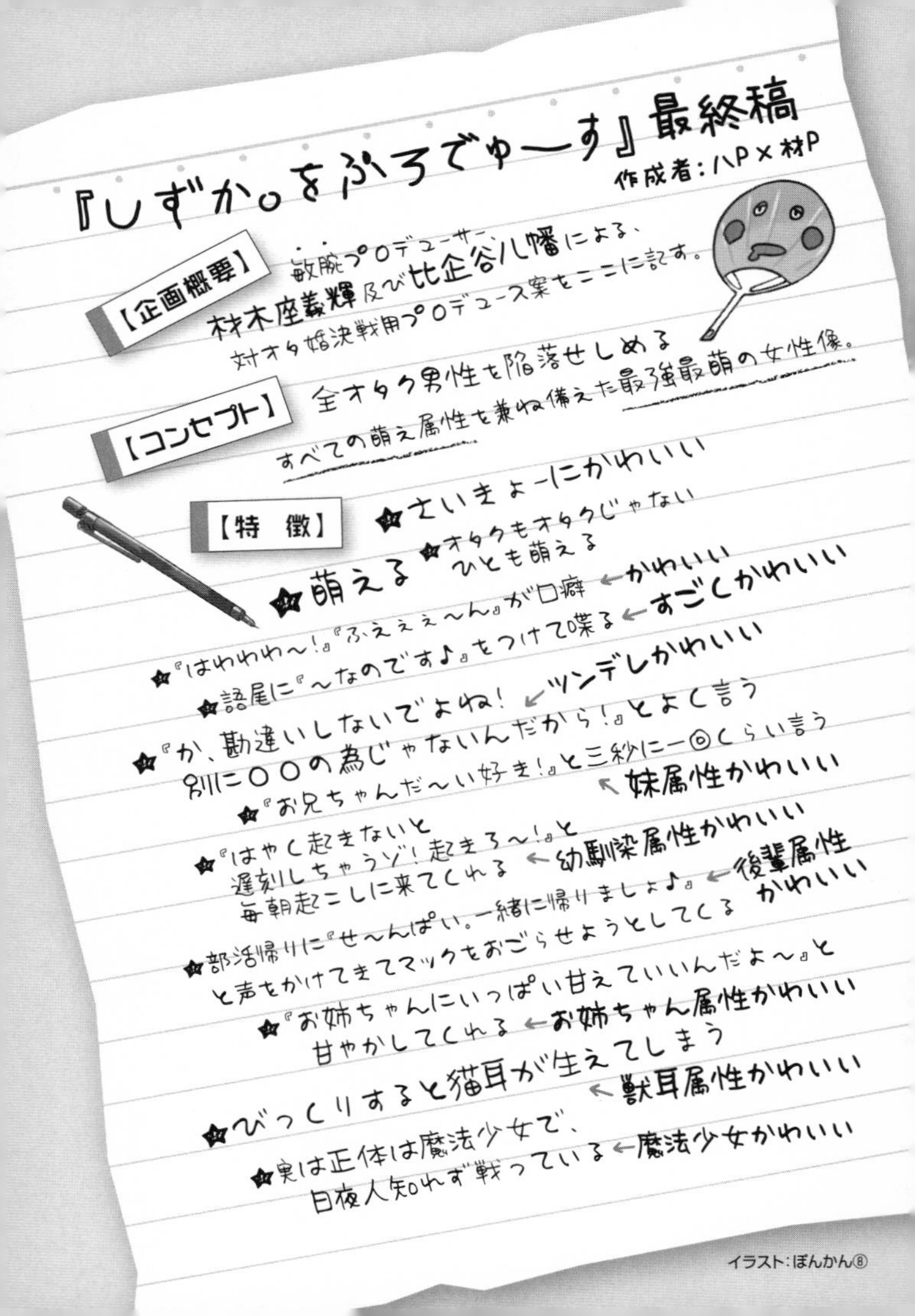

『しずか。をぷろでゅーす』最終稿
作成者：ハP×材P
【企画概要】
敏腕プロデューサー
材木座義輝及び比企谷八幡による、
対オタ婚決戦用プロデュース案をここに記す。
【コンセプト】
全オタク男性を陥落せしめる
すべての萌え属性を兼ね備えた最強最萌の女性像。
【特　徴】
さいきょーにかわいい
オタクもオタクじゃないひとも萌える
萌える
『はわわわ～！』『ふえええ～ん』が口癖 ←かわいい
語尾に『～なのです♪』をつけて喋る ←すごくかわいい
『か、勘違いしないでよね！ 別に〇〇の為じゃないんだから！』とよく言う ←ツンデレかわいい
『お兄ちゃんだ～い好き！』と三秒に一回くらい言う ←妹属性かわいい
『はやく起きないと遅刻しちゃうゾ！起きろ～！』と毎朝起こしに来てくれる ←幼馴染属性かわいい
部活帰りに『せ～んぱい。一緒に帰りましょ♪』と声をかけてきてマックをおごらせようとしてくる ←後輩属性かわいい
『お姉ちゃんにいっぱい甘えていいんだよ～』と甘やかしてくれる ←お姉ちゃん属性かわいい
びっくりすると猫耳が生えてしまう ←獣耳属性かわいい
実は正体は魔法少女で、日夜人知れず戦っている ←魔法少女かわいい

イラスト：ぽんかん⑧

Q．これは悪ふざけですか？

A．いいえ、平塚静《ひらつかしずか》・最終形態です。

「…………………………………………………………………」

俺はその企画書を再びくしゃくしゃに丸めると、手近なゴミ箱に投げ入れた。

ほら、大事だからね、分別。大切にしたいよね、地球。

それはそれとして、俺の口は我《われ》知らずこんなことを呟《つぶや》いていた。

「お、おおおおお、俺だけの責任じゃないからこれ……」

教訓・三日徹夜したテンションで考えついた結論とか信用してはいけない。

×　×　×

……後日。

「比企谷《ひきがや》ぁぁぁ!!　材木座《ざいもくざ》ぁぁぁ!!　覚悟はいいなァ!?」

未《いま》だかつて見たことのないレベルでぶちギレた平塚先生に俺たちが制裁されたのは、言うまでもないことだからあえて語るまい。

「はぁ……、結婚したい……」

そんな平塚《ひらつか》先生のつぶやきが、遠く聞こえる蝉の声に紛れてやけに悲しく響いていた。

十年後の八幡へ

さがら総

挿絵：ももこ

終電間近の山手線は、空気がべっとりと澱《よど》んでいる。

それが年末ともなれば、なおさらだ。

口からこぼれる揚げ物の匂い、安くて下品な香水の匂い、着ぶくれした汗と疲労の匂い。そういう鬱陶《うっとう》しい臭気たちが、空中に漂うアルコールの残滓《ざんし》と混ざり合って、使い古しの吊り革や手すりに細かくこびりついているような気がする。

忘年会シーズンだとか称して飲み歩く連中を見るたび、まったく結構な身分だと思う。君たちは、忘れるに値するだけの仕事を本当に納めたのかな？　忘れる程度の仕事しかこなしてこなかったのでは？

まぁ、忘年会に一度も誘われていない男の戯言《たわごと》なんですけども。忘れるどころか忘れられているこっちの身にもなってほしい。

「……この歳になっても、ぼっちか……」

深夜の車窓に反射した自分の姿は、ひどくくたびれて見えた。

腐った魚のような目つきが、いつもよりもずっと凶悪だ。とことん腐りきっている。

澱んだ空気に最も貢献しているのは、もしかすると、窓ガラスに映る三十路《みそじ》のこいつなのかもしれない。

車両の一番奥で、なるべくどこにも触れないように身を縮めていると、幼いはしゃぎ声が聞こえた。

「ねえねえ、ことしは、サンタさん、なにくれるかな！　たのしみだね！」

座席に腰かけた子どもが、となりの母親の手を握って、きゃあきゃあ笑っている。赤と緑でコーディネートされた、あどけないお洋服だ。

そういえば、今週はクリスマスだった。

すっかり忘れていた。ぼっちには無縁の行事だ。ぼっちハラスメントでこの子を訴えて晒《さら》し者にするまである。まぁ晒し者にしたら、笑い者にされるのはぼくのほうなんですけどね。

「クリスマス、クリスマス、うれしいなったらうれしいな！」

クリスマス、クリスマス、うるさいなったらうるさいな？

罪のない笑い声を遠ざけるために鞄《かばん》のなかに手を突っこんで、

「あ……」

イヤホンとは違うものを探り当ててしまった。

ハガキだ。

同窓会の開催を知らせるハガキ。今朝がたアパートの郵便ポストに投函されていたのを、そのまま夜まで持ち歩いてしまった。

こっちのイベントもせっかく忘れていたのに、うっかり思い出してしまった。大人には忘れたいことが多すぎる。ひとり忘年会の開催が待たれる。そもそも忘れるという行為は自己完結的なもので、他者の介在は不要なんだから、ひとり忘年会のほうが正しいまである。

「やれやれ……」

ため息をついて、ハガキの文面に今一度目を通した。

『総武《そうぶ》高校を卒業して長い時が経ちました。それぞれ立派な仕事をしたり、幸せな家庭を築いたり、さまざまな変化が訪れていることと思います。卒業十周年というこの機会に、久しぶりに旧交を温めてみませんか』

なんとも正しさに満ちあふれた文面だ。

だれもが前を向いて生きていることを、疑いもしない。

企画したのはおそらく、戸部《とべ》とかその周辺の人間だろう。他人とつるむことに抵抗がなく、仲間内のノリを十周年という魔法の言葉で拡大させたのだ。

そこに、他意はない。

ゆえに、悪意はないが善意もない。

メッセージアプリやＳＮＳでの同窓会の連絡をひたすら放置していたら、わざわざ実家に電話して現住所を調べてハガキを送ってくるぐらいだ。

こっちがどうして無視しているのか、気づいてもくれやしない。

高校を卒業して十年。思えばずいぶんと遠ざかってしまったものだ。

あの場所に嫌な思い出があるわけではない。むしろ郷愁《きょうしゅう》すら覚える。

奉仕部と、その周辺の面々。目を伏せれば、彼らの顔は今でも瞼《まぶた》の裏側に浮かぶ。

あそこは高校生活において、とびっきりのサンクチュアリだった。

まちがいだらけの世の中でひたむきに生きる人たちがいて、決してまちがってなどいない青春ラブコメがあった。

美しい物語だったと思う。自分が言うのもなんだが。

でも、だからこそ――

「……――馬鹿みたいだ」

同窓会のハガキを、精一杯の力で握りつぶす。

当時の彼ら彼女らには。

絶対に、会いたくなかった。

御伽噺《おとぎばなし》のエンドマークはすでに打たれたんだ。

麗《うるわ》しき青春ラブコメの時代は終わった。

我々《われわれ》はもう、十年後のべっとりとした澱《よど》みのなかに暮らしている。

×　×　×

山手線の内回りは大塚《おおつか》駅から池袋駅に向かう途中で、大きくカーブする。

大都会東京では一瞬たりとも油断してはいけない。

無防備に立っていると、不意にかかる横向きの力に押されてしまい、慌ててたたらを踏んで隣人に嫌な顔をされることがままある。

我らが東京のコンクリートジャングルにおいて、周囲に迷惑をかけることは大罪に等しい。厳しい自然環境なのだ。適応した者だけが不毛の文明社会で生き残っていく。

「もういくつねると、サンタさん！　らんたった！　らんたった！　はやくこいこい、しゃんしゃかしゃん！」

足を踏ん張り、勝手知ったる遠心力に耐えている矢先、またぞろ子どものとんがった声が鼓膜を突き刺してきた。

見れば、母親はうとうととしていて、子どもをたしなめる気力もないようだった。

危ないな、と思った。

こんな時間の電車に乗っている子どもが——じゃない。

子どもが深夜に出歩く理由なんて、親の仕事の都合で遅くまでどこかに預けられているとか、太陽の下を歩けない体質だとか、日本時間ではなくグリニッジ標準時を基準に過ごしているとか、まぁいくらでもあるだろう。

そんなことはどうでもいい。他人のご家庭の教育方針に興味はないのだ。うちはうち、よそはよそ。ぼっちはガンジー並みに寛容な生き物である。生類不殺を貫いて生涯黙殺されちゃうレベル。悲しいなぁ。

本当に危ないのは、子どもじゃなく。

周りの大人のほうだ。

子どもが元気に歌を唄うたび、どこかから迷惑そうな舌打ちが落ちる。

周囲に迷惑をかけないという東京ジャングルの不文律を破る子どもに、車両のだれもがイライラしているのが手に取るようにわかった。

このままでは、なにか偶発的なトラブルが起きかねない。

たとえば、望んでもいない同窓会の連絡で気持ちがささくれ立っているとか、クリスマスに予定が皆無だからお歌も聞きたくないとか、そういう危険なだれかが子どもにいちゃもんをつけかねない。

……『だれか』っていうか完全にぼくです、はい。ぼっちが寛容とか普通にウソなんだよな。他人に妥協できないからこそぼっちになるまでである。

ふくれあがった風船みたいに、今にも破裂しそうな空気が車内に充満していく。

なのにちっとも気づかず、子どもはいつまでも唄い続けて——

「クリスマス、クリスマス、うれしいなったらうれしいな！」

「クリスマス、クリスマス、うれしいなったらうれしいな！」

——突如、歌声を上から塗りつぶすドラ声がした。

幸いなことに、自分の口から生まれたものではなかった。ぼっちをこじらせてジキルとハイドのエア人格を召喚したのかと思った、超焦《あせ》った。

強引に人をかきわけ、座席に歩み寄っていくスーツの男がいるのだ。

「ふ、ふぇえ……」

びっくりして瞳を大きくする子どものまえで、そいつは長い脚をどっしりと左右に広げた。

巨軀《きょく》に体重を預けられ、古い吊り革が老婆のような悲鳴をあげる。

そうして、くるんと半回転。

子どもを背にして、そいつが視線を向けるのは周囲の大人のほう。

「さあさあ御歴々、もうすぐ聖ニコラウスの祝祭日！　辛気臭い顔を並べ立てていては、聖人に失礼であろう。唄えよ踊れよ騒ぎ立てよ！　一同斉唱！　クリスマス、うれしいなったらうれしいな！」

胴間声《どうまごえ》を車内に轟《とどろ》かせて、呵々大笑《かかたいしょう》している。

どうやらしたたかに酔っ払っているようだった。足もとがふらつき、言葉は支離滅裂。騒ぐ理由はなんでもよかったに違いない。

触らぬ神に祟《たた》りなし。

東京ジャングルにおいては、人に迷惑をかけてはいけないという不文律以上に、ヤバい系のアレには関わってはいけないという絶対の掟がある。

都会の民はみんな信心深いのだ。だれもが眼を逸《そ》らし、なんなら隣の車両に移って、ヤバ神様から遠ざかっていく。

そして、彼は。

「――なあ、君」

子どもに振り返って、にっこりと笑った。

「せっかくきれいな声してるんだから、大事に歌うといい」

「だ、だいじに？」

「みんなにかんたんに聞かせたらもったいないであろう」

うるさい、とは決して言わない。周囲に向けた威嚇とは打って変わって、ひどく優しげな言い方だった。

「……でも、クリスマス、うれしいんだもん……」

緊張していた子どもの肩が、ゆっくりとほぐれていく。まだあどけない声で、無邪気に笑っている。

その姿は男の巨軀《きょく》に隠されて、ほとんどの者からは見えなくなっているに違いない。

なるほど。

ふたりのやり取りを聞いているうちに、自然と腑に落ちた。

酔っ払いの振る舞いは演技だったのだろう。子どもへのヘイトを自分に向けさせることで、車内の危うい空気を穏便に収めようとしたのだ。

そのスマートなやり方は、どこか——胸をざわつかせる。

見た目も、話し方も、振る舞いも、ずいぶん変わったようだけれど。

この男の名前を、自分は知っているように思う。

「それなら、お母さんにだけ聞こえるように歌ってみたらどうか。そっちのほうが、ふたりだけの特別な歌という感じがしてくるだろう」

「そ、そうかも……！」

幼い声が、新しい概念を与えられて、ぱあっと華やいだように聞こえた。

やがて、心地よい大きさの歌声が、静かに転がっていく。

となりでようやく目を覚ました母親が、ぺこぺこと頭を下げていた。

「いえいえ。メリークリスマス」

男は軽く笑って、爽《さわ》やかに会釈《えしゃく》した。

ちょうど山手線が池袋駅にすべりこんでいく。

開いたドアから、何事もなかったようにホームに降りる彼を、慌てて追った。

「あの、ちょっと待って」

階段を降りるまえに、声をかけることに成功する。

「……なにか?」

訝《いぶか》しげな視線を向けられて、ちょっと弱った。

やっぱり、外見だけでは思い出してもらえないみたいだ。こっちもこっちで、そんなに自信があるわけじゃないんだけど。

おたがい、歳を取ってしまった。

「……材木座《ざいもくざ》くん、じゃない?」

ますます怪訝《けげん》そうになる瞬きと、重たい沈黙。気まずさに耐えられず、ばたばたと自分の手を振り回す。

「あの、怪しい者じゃなくて。総武《そうぶ》高校で友だちだった……」

「あ、大丈夫です」

すかさず、大きな掌をこちらに向けられた。大丈夫? なにが?

一瞬きょとんとすると、彼はとても平坦な声で続ける。

「友だち詐欺《さぎ》とかされても友だちいないんで。他を当たってください」

「……あはは、友だちにそんなこと言わないよ……」

「すみません僕、お金とか持ってないんです。本当、なにも出せないんで」

勘弁してください、と許しを乞《こ》う態度になってしまった。

そういえば、素の材木座《ざいもくざ》にはこういうところがあったかもしれない。声を張り上げたと思ったら急に真面目になっちゃったり、一人称も変わったり。

変わったようで変わらない、昔懐かしいムーブは、とうに過ぎ去ったはずのなにかを心のなかに蘇《よみがえ》らせてくれる。

そんな彼だからこそ、会いたくもなかった当時の仲間たちのなかで、唯一声をかけても良いという気分になったのかもしれない。

わからない。

あるいは、最初から声をかけるべきじゃなかったのかもしれない。

人違いでした、とUターンしたくなる足をおさえて、ぎゅっと拳《こぶし》を握った。

「覚えてないよね。でも、本当に友だちだったよ。材木座くんとは放課後にたまに遊んでさ、一緒にカラオケで『going going alone way !』とか唄ったりして……ええと、いちおうテニス部の部長とかやってて……」

自分の紹介というのは、いくつになっても難しいものだ。

しどろもどろになりながら、思い出してくれるかもしれないキーワードを重ねているうち、彼は大きく眼を見開いた。

人差し指でこっちを指さしながら、奇声をあげる。

「も、もしかして――戸塚彩加《とつかさいか》!?」

「……よかった。うん、そうだよ」

ぼくは、控えめにうなずいた。

×　×　×

材木座くんは東武東上線に乗り換えるところだったという。

今住んでいる埼玉からこの街にもよく遊びに来るということで、言葉に甘えて池袋西口の繁華街を案内してもらった。

明日は休日だ。帰りが遅くなっても問題ない。

おたがい独り身で、気兼ねする相手もいないということは、話しているうちに自然に知れた。

「戸塚と逢うのは久方ぶりよな。ううむ、もしや成人式以来か？」

「そのあと、大学卒業記念でみんなで飲み会したよね」

「……我《われ》、それ呼ばれてないのだが？」

「え⁉」

「皆で飲み会したのか、そうか……」

「あ、あの、えと、勘違いだったかも……あ！　注文しなきゃ、注文！」

よく来るという居酒屋に入り、とりあえず生ビールで乾杯してから、材木座《ざいもくざ》くんはテーブルに頬杖《ほおづえ》をついてぼくのことをじっと眺めた。

「とまれ、なるほど五年は優に経つか。男子三日会わざればなんとやらだが……戸塚《とつか》はずいぶんと見違えたな」

「あはは……それより材木座くん、あんなことするキャラだったっけ」

ぼくは自分の顔のまえで手を振って、話を変える。

「あんなこととは？」

「ほら、さっきの。電車で、あの子を庇《かば》ったでしょ」

高校在学当時から、材木座くんの風貌や立ち居振る舞いは異彩を放っていた。

ある意味で、とても目立っていた、と言ってもいい。

でも、『目立つ』ということと『目立ちたがり』ということはぜんぜん違う。

八幡《はちまん》のような優しい人相手には気を許して声が大きくなるけど、知らない人のまえでは、借りてきた仔猫みたいにおとなしくなっているところを何度か見たことがある。

車内の不特定多数の悪意のようなものには、極めて相性が悪かったはずだ。

「嗚呼《ああ》、斯様《かよう》なことか……なに、造作もなきことよ」

ビールを一息に飲み干し、材木座くんはふいに声をつくった。

演技ばった所作で、大きく右手を広げる。

「冥闇《めいあん》の刻限にうろつく児童は、皆相応に事情を持つであろう」

「事情……というと、親の都合で遅くまで預けられているとか?」

「したり。あるいは、あの児童は、夜に羽ばたく吸血鬼スクールに通っておるのやもしれぬ。太陽の下を歩けば焼かれる体質なのやもしれぬ。日本時間ではなく吸血鬼時間を基準に過ごしているのやもしれぬ」

……吸血鬼がマイブームなのかな。変わらないね。

ぼくが生温《ぬる》い視線を差し向けても、材木座くんはびくともしない。

「それらの事情をすべて理解することはできぬが、寄り添うことは我《われ》らとてできる」

空のグラスをテーブルに打ちつけ、今日一番の強さで声を張り上げた。

「なんとなれば、我らがこうして遅くまで身を粉《こ》にして働くは、なべて幼き子らが健やかに暮らす社会を護《まも》るためだからな！　フゥハハハハ！」

ことさらに高校生当時のキャラをつくろうとしている彼を見て、ぼくはやっと気づいた。

たぶん、彼は——照れているのだ。

照れて、それでも、彼の人生のポリシーを語っている。

電車のなかで同じようなことを考えていたはずなのに、なんだかぼくたちの思考回路には、すさまじい差が生まれているような気がした。いや、中二病云々《うんぬん》じゃなくてね。

ぼくは改めて、彼の姿を正面から眺め直す。

昔よりちょっと痩せて、身長はずいぶん伸びて、顔つきは精悍《せいかん》になった。

「……材木座《ざいもくざ》くんは」

「うむ？」

「すごく変わったね。あんなふうにスマートに振る舞うことができて……」

ぼくは、ため息をついた。

「葉山《はやま》くんみたいだ」

褒《ほ》め言葉として言ったつもりだったけど、材木座くんはぶほっと噴《ふ》き出した。

ゴラムゴラムと咳払《せきばら》いして、大きく手を振る。

「ないない、ないない。それを言うなら戸塚《とつか》こそ」

「ぼく？」

「そのぅ、ほら……アレだ——八幡《はちまん》みたいな雰囲気に、なったな？」

ぼくも思わず笑ってしまった。

だって材木座くんときたら、声を潜めてしょんぼりと言うんだ。まるでひどい悪口を言うときみたいにね。

×　×　×

高校卒業後、ぼくと八幡は違う大学に通った。

ただ、疎遠になることはなかった。面倒くさがりのはずの彼のほうから、なにくれとなく連絡をくれたのだ。

メッセージの大半は他愛もないことだった。比企谷《ひきがや》家の庭に花が咲いたよとか、今夜も月がきれいだよとか、戸塚は本当にかわいいよとか。……付き合いたての彼氏かな？　ぼく、男の子なんだけど……。

同じ学校にいなくても、ぼくたちはそれなりの繋《つな》がりを保っていた。

そして、それが悪かった。


元始、女性は太陽だった――と記したのは平塚《ひらつか》らいてふだ。

ぼくならこう書く。

今も昔も、比企谷八幡は、太陽だった。

本人は即座に否定するだろうし、なんなら気持ち悪がってブロックされちゃうまであると思うけど、ぼくの目には確かに太陽みたいな存在に見えたんだ。

空にぽつんと浮かんで、ひとりきりで輝いていられる灼熱《しやくねつ》の恒星。

苛烈《かれつ》で、孤独で、けれど確かな熱を発している。

いつまでもその傍にいることが許されていたら、だれだって、自分もこういうふうになれないかと思ってしまう。

高校生の頃から、ぼくは少しずつ勘違いしていたんだ。

比企谷八幡《ひきがやはちまん》が、戸塚彩加《とつかさいか》という人間に、あんまり親切にしてくれるものだから。

ぼくはいつまでも八幡の特別な親友の気分で——自分もまた、トクベツな存在だと思いこんでしまったのだ。

苦労して入った大学と、その先の会社で、ぼくはぼくなりに誠実に生きようとした。

所属するテニス部のいざこざを自己犠牲によって解決したこともあったし、学内選挙のトラブルを候補者の真意を見抜くことで収束させたこともあった。政治的案件の絡む大がかりなイベントを、部外者に引っかき回されながら大団円に導いたこともあった。

本物を求めてやまない八幡の生き方を、無自覚に、真似していたのだと思う。

でも——なにもかもまちがっていた。

八幡は八幡だから、八幡でいられたんだ。

あらゆる反感をも跳ねのける強さを、いかなる拒絶をも受け入れる弱さを、そして本当に大切な人を抱きしめる優しさを持つ八幡だからこそ。

ぼくは八幡にはなれなかった。

ほぼすべての面で、素質が足りなかった。

夜の冷たい月が、昼のまばゆい太陽にはなれないように。

ただ近くで、八幡の光を受け止めていただけだったんだ。

そのことに気づいたのは、大学で空回りを重ねて、会社で爪弾きにされて、ひとりぼっちになって数年が経ったあとのことだった。

×　×　×

「……戸塚は、八幡に幻想を抱きすぎてはおらぬか……？」

材木座《ざいもくざ》くんが異形の怪物を見るような瞳でぼくを見ていた。

もう、瓶ビールを何本注文したのか覚えていない。

おたがいだいぶ呑《の》んでいて、久方ぶりの邂逅《かいこう》というほのかな緊張とやわらかな気まずさが取れかけているころだ。

「彼奴《きやっ》はなるほどこの剣豪将軍義輝《よしてる》が認めた漢であるが、かくも心酔しておったというのは、いささか驚愕《きょうがく》を禁じ得ぬな……、あの、戸塚」

「なに？」

「悩みごととかあったら聞くから」

真摯《しんし》な心配までされてしまった。

ぼくは苦笑いして、首を振る。

「別になんにもないよ。ちょっと、日々の生活にくたびれているだけ」

「完全にメンタルを病んでいる人の発言になっておろうもん……あれ、そういえばなんの仕事をやっているのだったか？」

「医薬品の卸売《おろしうり》。薬局をまわって、お薬を納品するの」

「ほうむ？　あんまりイメージがなかったが、人の助けになる職業よな。言われてみれば戸塚《とつか》らしいではないか」

「あはは、そうかな……」

ぼくは肩をすくめた。つまらない仕事だ。担当の調剤薬局への挨拶《あいさつ》回りと医者のご機嫌取りで一日が終わる。

無意味なことをやっているとまでは思わない。でも、ぼくの代わりはいくらでもいる。

人生と同じだ。

絶望するほどひどくもないけれど、オンリーワンには決してなれない。

「そっちは、今、なにしてるの？」

自分のことから話題を逸《そ》らしたくて矛先《ほこさき》を向けたら、材木座《ざいもくざ》くんは我が意を得たりとばかりに膝を打った。

「よくぞ聞いてくれた。我《われ》は今、ゲーム会社に勤めている！」

「わあ、夢をかなえたんだ」

ぼくは今日一番の素直さでもって、手をたたいた。

彼がずっとクリエイターになりたがっていたことは聞いている。高校生のころに目指した夢をそのまま追い続けられる人の、なんと少ないことか。

「すごいなあ……もう何本もゲームとか作ったりしてるの？」

「む？　まぁ、我の名がクレジットされたゲームならいくつか……」

「いいなあ、なんてゲーム？」

言いながら、自然に拍手していた手が落ちてしまう。

どうしても比べてしまうのだ。同じように、太陽の傍にいただけの人間として。

ホンモノを目指して、それをつかむことができた彼らと。

ナニモノにもなれず、日々を無為に過ごしているぼくと。

おたがいずいぶんと変わったものだ。本当に、取り返しがつかないぐらいに。

「材木座くんは、すごいよ……」

嘆息混じりの声が、床にぽてんと落ちて転がっていった。

その行方を追いかけるより先に、目の前の彼が立ち上がる。

お手洗いかな、酔っ払っているから危ないな、と見当違いのことを思っていたら、がばちょと手をつかまれる。

「……戸塚《とつか》、ゆこう」

「ふぇ？」

「一緒に往こう！　我《われ》の会社へ！」

「えええええ!?」

材木座《ざいもくざ》くんの強い力に引きずられるようにして、ぼくは席を立った。

×　×　×

「今、サスペンス風のノベルゲームを作っているのだがな」

池袋駅のロータリーで客待ちをしていたタクシーに乗りこみながら、材木座くんは熱っぽく語った。

「話を詰めていくにあたって、医療関係の蘊蓄《うんちく》が求められているのだ。医薬品卸の会社に勤めているなら、そちらの業界知識も豊富にあろう。制作チームに引き合わせるゆえ、取材に協力してはくれぬか」

「確かに、医療従事者とコミュニケーションする機会は多いけど……専門の人と比べたら、ぼくなんか全然だよ？」

「構わぬ。取材は二の次、一番は戸塚そのものだ。一緒にゲームを作ってくれるという事実だけで、生まれるものもあるからに」

「というと？」

「夢はいくつになっても叶《かな》えられるのだ。我はそのことを、人生にくたびれている戸塚に証明したいのだ！」

材木座くんはタクシーの座席に深く腰かけ、意気軒高《いきけんこう》に拳《こぶし》を突き上げる。ゲーム作りというのは君の夢であって、ぼくの夢じゃないんだけど……。

とは言えなかった。

なぜって、正直な話、感動してしまっていたんだ。夢はいつでも叶う。いい言葉だ。とても、いい。酔っ払いはたまに情緒が不安定になるよね。

「……そうだね。見たいな、君の作ったゲーム」

ぼくが小さくうなずくと、材木座くんは気をよくしたようにふんぞり返った。

「ちなみに本作は緻密な業界知識とともに、新伝奇モノの空気感を併せ持つのがウリなのだ。ヒロインは吸血鬼で、直死の線が視えて、貧乳でやきもちやきの妹だゴラムゴラム！」

「ああ、それで吸血鬼にこだわっていたんだ。プロ意識が高いなあ」

電車での大音声《だいおんじょう》を思い出してつぶやくと、材木座くんははらはらと涙を流していた。酔っ払いはたまに情緒が迷子になるよね。

「なに、どうしたの……？」

「『で、それ何のパクリ？』とか言われないのだなあ、と喜びをかみしめていた」

「他人様《ひとさま》の創作物に、そんなひどいこと言うわけないじゃん」

「……戸塚《とつか》は憧れる相手を間違えているのでは？」

材木座《ざいもくざ》くんはなんだか複雑そうに首を振る。

なんと答えればいいのかわからなくて、ぼくは流れる車窓に視線を移した。望む望まないにかかわらず、太陽は人を惹きつけてやまないものだ、たぶん。


材木座くんの勤める会社は、新宿駅近くのオフィス街にあった。

ぼくは大してゲームをやらないから名前を聞いてもわからなかったけれど、業界ではそれなりに有名なところらしい。材木座くんいわく。

タクシーから降りてスマホを確かめたら、もうとっくに日付が変わっている。

「今さらだけど、こんな時間に会社に入れるものなの？」

「なぁに、問題ない。ゲームクリエイターたるもの、寝食《しんしょく》すべてを会社で済ませてようやっと一人前よ。今はプロジェクトの大事な時期ゆえ、明かりも煌々《こうこう》と点《とも》っておろうもん」

指さされて見上げると、高層ビルの中層階に、一面蛍光灯のつけられたままのフロアがあるのが知れた。

「我《われ》も今宵《こよい》は久方《ひさかた》ぶりに会社を脱出して、自宅に帰るところであった」

「こっちの業界も大概だなあ……」

表通りに面した正面玄関はすでに閉まっている。

裏手にまわると、往来からの目隠し用として整えられた生垣の合間に、社員用の通用口がひっそりと控えていた。

カードキーをかざしたとたん、材木座くんの巨軀《きょく》がぴょこんと器用に飛び跳ねる。

「む、まずい！」

「まずいって？」

「人に見られる！」

材木座くんの肩越しに、開いたばかりの通用口を覗《のぞ》きこむ。

どうやらビルの内部に繋《つな》がる細い通路の向こうから、ダッフルコートにラフなパーカ姿の社員さんが歩いてきているらしかった。

「見られたらいけないの――って、痛い痛い、痛いよ材木座くん、そんなに力いっぱい奥まで突かれても、これ以上はもう入らないよ……！」

通用口の脇、高く生い茂った生垣のほうに、ぐいぐいと背中を押された。藪《やぶ》に頭を突っこむ形になって、抗議の声をあげたけれど。

材木座《ざいもくざ》くんはもう、ぼくのそばにいなかった。

「お、材木座さん。こんな時間になにしてんすか？　てか、酒くさっ！」

「ちょっと野暮用で……相模《さがみ》さんも遅くまでお疲れ様です、はい」

光の速さで通用口に舞い戻り、さっきの人と挨拶《あいさつ》している声が聞こえる。

会社から出てきたのはたぶん、相応に偉い人だったんだろう。

ぺこぺこと愛想笑いをしている材木座くんは、本当に社会人になってしまったんだな——

とぼくはぼんやり思った。

×　×　×

「相《あい》すまぬ」

偉い人と立ち話&お見送りすることしばし。

生垣まで戻ってきた材木座くんは、ぼくのまえで深く頭を下げた。

「応接ルームであっても、部外者をこの時間に招き入れるのは、よく考えたらコンプラ的に少々問題があるゆえな……現場を押さえられぬよう強引な手法を取らざるを得ず」

「ううん、気にしてないよ」

ぼくは軽く首を振った。

「でもやっぱり、お邪魔するのはやめておいたほうがいいかな」

「ぬ！　なにゆえ！」

「ほかの誰に見られないとも限らないし、そうじゃなくても、材木座くんのほうでいろいろ都合が悪いかもだし」

「ふむぅ……」

材木座くんは困ったように唸《うな》った。上目遣いにぼくを見る。すっごくどうでもいいけど上目遣いが上手だね。八幡《はちまん》に見せてあげたいな。こういうの好きな気がする。

「……もしや先刻の男との話、聞いていたか？」

「ぜんぜん聞こえなかったよ。聞き耳を立てるのは趣味じゃないんだ」

眉《まゆ》を下げてはにかんでみせる。

高校卒業以来、意識してやらなかった笑い方だ。ぼくはこういう自分の幼さが嫌いだった。

それでも今ぐらいは、彼を安心させるために、わざとそうやって笑った。

「左様《さよう》か……？」

だけど、材木座くんはぜんぜん信じていないみたいだった。

社内に赴くことを、ぼくが急に拒否したからだろう。その理由を、偉い人との会話に求めている。

「是非もなし。事ここに至れば真実を語るにやぶさかにあらず」

材木座《ざいもくざ》くんは唾《つば》を何度か呑《の》みこみ、意を決したように眼をかっと見開いた。

「実は、じ、実は！　我《われ》の正体は……！」

「……クリエイターじゃないんでしょ？」

「やっぱり聞いていたではないかぁ！」

材木座くんはじたばたと手足をもぞつかせた。すっごくどうでもいいけど駄々のこね方がかわいいね。八幡《はちまん》に見せてあげたいな。こういうの弱い気がする。

「違うってば。さっきのひとになにか言われたの？」

聞こえなかったのは本当だ。

相模《さがみ》さんとやらと材木座くんの立ち話はそれなりに長かったけれど、おそらく業務にかかわることだと思って耳をふさいでいたのだ。

ただ。

「最初の言葉だけは耳をふさぐまえに聞こえちゃったから」

材木座くんは、こんな時間に会社にいることを怪訝《けげん》に思われていた。

でもゲームクリエイターたるもの、寝食すべてを会社で済ませて一人前。プロジェクトの大事な時期だからフロアの電気も点《とも》っている——と、材木座くん自身が言っていた。

ふたつを両立させる答えはひとつ。

つまり、そのプロジェクトにはなんら関わっていないということだ。

「そ、それは、我がクリエイターではない証拠にならないもん！　別のプロジェクトチームに所属しているかもしれないもん！」

材木座くん、バグると急にかわいい感じになるからズルい。もしくはぼくの目がバグっている可能性がある。

どたばたじたばたする彼に、ぼくはぺこりと頭を下げた。

「……材木座くん。ごめんね。本当はタクシーに乗ったときから、ちょっぴり不思議だなって思ってたんだ」

「なんと!?」

「タクシーの行き先が新宿方面だったから……」

ぼくと材木座くんが最初に出会ったのは、山手線の内回りだ。

大塚《おおつか》から池袋に向かう途中の車内で、スーツ姿の彼を見つけた。

でも、会社のある新宿から、東武東上線に乗り換える池袋に帰るなら、利用するのは外回りだ。内回りに乗っていること自体がおかしい。

つまり、材木座くんはこの会社からは退勤していない。

「クリエイターとして会社にこもりきりみたいなことを言わなければ、気づかずにいられたんだけど」

「やだやだ、理詰めで責めてくる戸塚《とつか》なんて戸塚じゃないやい！　山手線の内回り外回りを語るなんて千葉人の風上《かざかみ》にも置けないやい！」

赤ちゃん返りしちゃう材木座《ざいもくざ》くんである。八幡《はちまん》に見せ……いや、さすがにかな……。

「……ごめんね」

ぼくはもう一度謝った。

ひとり暮らしを始めて、大都会東京の地理にばかり詳しくなってしまった。

千葉方面に向かう総武《そうぶ》線の利用頻度は格段に落ちた。

ぼくたちはこうやって、高校時代には知らなかった知識を身につけて——気がついたら、あのころには戻れなくなっていくんだ。

×　　×　　×

「我《われ》は営業職なのだ……」

材木座くんは瓶ビールを抱えてうめいた。

不夜城《ふやじょう》新宿の東口付近にある、さっきと同じチェーンの居酒屋に舞い戻って、ぼくらは再び酔いどれの海に沈む。

「本日は取引先から直帰する予定だった。子どもを見ると、おしなべてユーザーのように思えて親近感が湧くゆえ、つい声をかけてしまう」

「……それも立派なプロ意識だと思うよ」

「だが、我はゲームを作りたいのだ！　それで世間の俗物どもにちやほやされたいのだ！」

「ブレないなあ……」

ぼくは小さく笑った。

材木座くんは何度も企画書を提出しては、すげなく撥《は》ねられているという。

さっきの男は開発部の偉い人で、引き抜いてもらえるよう交渉しては玉虫色《たまむしいろ》の回答を聞く日々なのだとか。

「吸血鬼モノのノベルゲームができあがったら、きっと名作になるに違いないのだ。制作チームは今のところ、我とアルバイトの子だけだが……」

材木座くんは嘘《うそ》を言っていたわけじゃない。いくつかのゲームのクレジットには、確かに自分の名前があるそうだ。

ただしマーケティングやプロモーションのスタッフとして、だ。

「それで満足したら、ダメなのかな」

ぼくは空のコップを手のなかでくるくると回して言った。

「広い意味でゲームに関わっていることには間違いないんだし、上手く振る舞えばちやほやしてもらえるかもだし」

「それではダメだ！」

材木座《ざいもくざ》くんは大きな声で怒鳴って、テーブルに突っ伏した。

「……それでは、あきらめたことになる」

続いた声量はすこぶる小さい。大きな手で頭を抱えて、ぽつりぽつりと言葉をこぼす。

「我《われ》は昔から、クリエイターになると言っていた。いろいろと大言を吐いたこともあった。尻拭《ぬぐ》いしてもらったこともあった。それが結実した姿を、……戸塚《とつか》に、見せたかった」

たぶん、本当に見せたい相手はぼくじゃないんだろうと思った。

ぼくたちは、同じ相手を――同じ虚像を、見ている。

「信じて貫き通せば叶《かな》うものがある。我はそのことを、ずっと前から知っている」

「……材木座くん」

「だから、ぜったい、かなうのだ……」

材木座くんの声が掠《かす》れて消えていく。

なんだか――変わらない日々にくたびれてしまった三十路《みそじ》の男の声だ。まるでどこかのだれかさんみたいに。

きっと、ぼくたちは太陽に近すぎたんだろう。

あまりにも近づきすぎてしまったから、今でも巨大ななにかを自分の中心に抱えこんで、同じところをぐるぐる回っている。

環状線のように、山手線のように。

ぼくたちは、どこにも行けない。

×　×　×

そのままぼくらは、意識が溺《おぼ》れるまで飲んだくれた。

高校時代のささやかな思い出話に花を咲かせて、馬鹿みたいなことばかり言い合っていたように思う。

「奉仕部周辺の女連中、今思うと普通に可愛《かわい》かったな……我、超もったいないことした……」

「材木座くんが？　もったい？　ない？」

「戸塚はあのメンツだとだれが好きだった？」

「修学旅行の夜みたいなこと言うなあ……」

「だってあのころ、戸塚は性欲なさそうな王子扱いでちやほやされておったが。普通の男だったら、なにか思うところがあって当たり前なのではなかろうもん」

「ひみつ」

ぼくはけらけら笑った。彼の見ていた世界とぼくの見ていた世界は少し違っていて、やっぱりちょっと面白い。

「そういえば今度、同窓会をするらしいね」

「……我《われ》、聞いておらぬが……？」

「え、お、うん。あ、でも！　実家にはハガキが届いてるかも？」

「で、あるか……まあ行かぬから関係ないが」

「だよねー」

「絶対に会いたくない」

「わかる。超わかる」

「――ほんとうに？」

ぼくたちは一瞬真面目な顔になって、おたがいの瞳のなかに同じ色を認める。

嘘《うそ》つきだ、ぼくも材木座《ざいもくざ》くんも。

そうしてすぐにそれを打ち消すように、わざとらしい思い出話に逃げていく。

「で、だれ？」

「なにが？」

「戸塚《とつか》が好きだったのは。チャレンジングに雪ノ下《ゆきのした》？　やっぱり無難に由比ヶ浜《ゆいがはま》？　まさかの大穴で一色《いっしき》？　それともまさか……」

「ひ、み、つ！」

「ああー我もラブコメしたかった！　俺の人生がほしいとか言われたかった！」

「ふふ、したかったねー、青春ラブコメ」

材木座くんは何度も同じ言葉を繰り返したし、ぼくも飽きずに同じ相槌《あいづち》を打った。そうすることで、同じ穴に暮らす狢《むじな》同士、傷を舐《な》め合っていたのかもしれない。


お店を出たのは、朝日が昇り始めてしばらく経ったあとのことだ。

真冬の寒風が、アルコールに火照《ほて》った身体《からだ》から熱を奪っていく。ぼくたちは重たい瞼《まぶた》を擦《こす》りながら、コートの前をぴっちりと閉ざした。

「……ねむい元帥《げんすい》」

「それ」

「ほんとそれ」

「完全に犠牲」

休日のこの時間帯は、駅に連なる地下のコンコースもまだ人通りが少ない。よくわからないことを言い合いながら、ふたり連れだって歩いていたら、

「──あ」

材木座くんがぴたりと立ち止まった。

視線の先を追うと、親子連れがいた。

大人のほうは覚えていなかったけど、子どものほうは見覚えがある。

「昨日の……」

電車で見かけた子だ。このあたりに住んでいるのだろうか。それとも、母親が夜の街に勤めているのかもしれない。

「……朝も普通に出歩けるんだね」

つぶやくと、材木座《ざいもくざ》くんは苦い顔になった。吸血鬼説は明確に否定されてしまった。

いや、もちろん、信じていたわけじゃないんだけど。

ぼくたちは平凡な人生を生きている。この世界では、伝奇の住人も、奇妙なトラブルも――

それから青春ラブコメも、なにも見つけることができない。

「しょうがないよ」

「しょうがないか」

「しょうがないけど、生きるしかない」

「しょうがないから、生きるしかない」

ふたりで顔を見合わせて、情けなく笑い合ったときのことだ。

子どもが母親になにごとか言ったかと思うと、ぱたぱたと走ってきた。

「――あまったから、あげる！」

ぎゅっ、ぎゅっ、と材木座くんに無理やり押しつけるように小さな包みを手渡して、ぱたぱたと戻っていく。

軽やかで、純粋で、穢《けが》れのない足取りだった。

そうして母親ともども何度か頭を下げて、曲がり角の向こうに消えていく。

ふたりを見送って、ぼくらは材木座くんの手元に視線を落とす。

「これって……」

赤と緑のリボンで包装された、小さなクッキーの包みだ。市販品のようには見えなかった。彼女が一生懸命つくったのかもしれない。

まるでとびっきりのプレゼントみたいに。

「……クリスマス、うれしいなったらうれしいな！」

「単純だなあ」

材木座くんがおどけたように唄って、ぼくはくすくす笑った。

でも、実際。

少しだけ羨《うらや》ましいような気分になったのだから、ぼくも大概単純なんだろう。

×　×　×

材木座くんとは駅の改札で別れた。彼は山手線で池袋に向かって乗り換え、ぼくは新宿から小田急線だ。

「クリスマス、うれしいなったらうれしいな、かあ……」

材木座《ざいもくざ》くんとあの子のオリジナルクリスマスソングがいつまでも耳に残っている。

ホームの柱に背中をつけて、ぼくは瞼《まぶた》を閉ざした。

暗闇の世界に自分を閉じこめて、けれど、無性に居ても立ってもいられず。

「…………」

ぼくはポケットを漁《あさ》って、スマホを取り出した。

フリック音を頼りに、ぽつぽつと数字を入力する。もう長いこと、かけようか迷ってはやめていた電話番号だ。

したたかに酔っ払った勢いだ。もしかしたら、自分で酔っ払ったふりをしていただけかもしれないけれど。

数回コール音が鳴ったあと、

「……はい」

返事があった。

まだ寝ていたのかもしれない。

ぶっきらぼうで、つっけんどんで——とても懐かしい声だ。

「やっはろー、ぼくだよ。わかる?」

「戸塚《とつか》だろ? おま、声、ぜんぜん変わんねぇのな……天使の清涼剤じゃん……」

「もう、八幡《はちまん》ってばぁ」

ふいに、涙が出そうになった。

何度か咳払《せきばら》いをして、どうにかごまかす。

「……なに？　どした？」

「ううん、朝からごめんね。高校の同窓会の連絡が来たでしょ。それでふと、八幡どうしてるかなって気になっちゃって」

「は？　俺の戸塚が天使すぎるんだが？」

「えへへへ……」

久しぶりの、なんの変哲もない、級友としての会話だ。

それだけなのに、どうしてこんなに、明るい声を出すのに苦労するんだろう。

高校のころ、もっともっと言葉を交わせばよかった。もっともっと、八幡に近づいておけばよかった。どうせこんな想いをするのだったら。

過ぎ去った時間は二度と取り戻せない。

胸の奥に苦い感情がわだかまっていって、それでも電話を切る気にはなれなかった。

「そういやメッセ送るわりに、あんまり突っこんだ話をしないから、おたがいの近況知らねぇんだよな。戸塚は今なにしてんの？」

「うーん、酔っ払ってる」

「それはわかるが」

しょうがねえなあ、と笑う、八幡《はちまん》の息遣いを耳に馴染《なじ》ませながら、ぼんやりと思った。

あのね、八幡。

ぼくは君のことが好きだったよ。

不器用なところも、責任お化けなところも、それを韜晦《とうかい》でごまかすところも。

どうしようもなく、好きだった。

絶対に会いたくないと、自分で自分にウソをつくぐらいに。

「八幡は行かないの？　同窓会」

「そんなの行くわけねぇだろ。それより今度遊ぼうぜ。嫁抜きで」

「あはは……いいの？」

「ああ、もうすぐ出産予定日だから。産まれたら会いに来てくれよ」

「……うん。会えるといいね」

苦さをがんばって呑《の》みこんで、ぼくは笑うよ。

君のまえでは、昔みたいに。

だから――

「ねえ、八幡」

「ん？」

「メリークリスマス！　プレゼントちょうだい！」

「お、おう？　なんだなんだ……急に甘えてくる戸塚《とつか》が不意打ちすぎて死ぬんだが。クリスマスプレゼントは俺の遺産でいい？　今遺言書を書くから待ってろ」

「ふふふ、冗談だよ。妻子《さいし》持ちにそんなワガママは言わないもん」

「しかし他にプレゼントつっても」

「もう、もらっちゃってるよ。返してあげない」

「はぁ……？　酔っ払い戸塚はありえん可愛《かわい》いな？」


だから——どうか、電話を切るまでは。

変わらない君の声を、太陽の熱を、抱きしめさせてほしいな。

お願い、八幡《はちまん》。

川崎沙希と比企谷八幡の、記念日にまつわる話

天津向
挿絵：うかみ

家のリビングでゴロゴロしながらカマクラとじゃれていると、キッチンにいた小町《こまち》が「あっ！」という声を出す。

「どうした小町？　何か黒いカサカサ動くやつが出てきたか？」

「あのね、それが出てきていたらもっと大声で叫んでいるし。本当考え方が邪悪だよね、お兄ちゃんは」

「ウィットにとんだギャグのつもりがそんなに責められるとは」

「ウィットというよりウェットだよね。湿り気を感じるギャグ」

とても俺の性格を把握している返しをしてくれるあたり、やはり長年一緒に住んでいた妹だなと思う。

「で、何に驚いたんだ」

「驚いたんじゃないの。思い出したの」

小町はリビングまで来たと思うと、壁にかかっているカレンダーを指差す。

「もうすぐ、母の日」

「ああ、そうだな。それがどうかしたのか」

「プレゼント買うの忘れていたから」

「おおそうか。じゃあ今年も頼む」

比企谷《ひきがや》家の母の日は、毎年小町がプレゼントを見繕って、そのお金を俺が少し多めに払う。こうやって俺と小町の二人で一つのプレゼントを贈るのが通例なのだ。

「うーん」

唸《うな》る小町。そして俺の目の前に歩いてくる。

「思ったんだけど、もうお兄ちゃんも、小町もしっかりした年齢なわけじゃない」

「そうだな。国によっては成人と言われてもおかしくない年齢ではある。ただ俺は成人しようがこの家に居続けようとは思うが」

「何その引きこもり発言……。いやそうじゃなくて、もうお母さんにはさ、それぞれプレゼントあげた方がいいんじゃないかなと思って」

俺はそう提案してきた小町の目を見る。

「小町。それは無理な相談だ。俺には物をあげるというセンスが全くない。もうそれはゾッとするくらいない。ゼロレベルではなく、マイナスレベル。圧倒的壊滅的なプレゼントセンスを持ち合わせている」

「よく自分でそこまで言えるねお兄ちゃん」

「だからこそいつも小町《こまち》に買ってきてもらっていたんだろう？　ほら、オシャレなモノとか、オシャレなアレとか」

「具体的な名前が出てこないくらい、センスがないんだ」

小町に簡単に見透かされてしまう。そしてあまりにも自分の中にオシャレな語彙《ごい》がないことに辟易《へきえき》とする。

「俺があげるものが喜ばれるなんて未来は想像できない。ゆえに俺は自分でプレゼントを買わない。これで証明終了だ」

そう言って俺はカマクラを抱きかかえる。が、すぐに小町が俺からカマクラを奪いとる。

「あのねお兄ちゃん。お兄ちゃんにプレゼントのセンスがないことなんて小町でも知ってるよ」

「知ってるだと⁉」

ストレートに心をえぐられてしまい、少したじろぐ。いや、自分で言っていたから問題ないはずなのだが、こうもはっきりと信頼している妹に肯定されるとドキッとしてしまう。

「でもね、小町は思うの。何をくれたかなんてどうでもよくて、お母さんは、このプレゼントを私のために選んでくれた、という事実が嬉しいはずなの」

「いや、それはあまりにも精神論すぎやしないか」

「しかもギャップがあるわけじゃない。『あの八幡《はちまん》が、そういうの疎《うと》そうな八幡が私のためにこんなプレゼントを買ってきてくれたの。嬉しい！』」

「そんな風になるか？」

「なるよ。『確かにセンスこそないけど嬉しい！　ううん、むしろセンスがないから本当に八幡が選んだんだと思えて嬉しい！』」

「俺は一体どう思われているんだ⁉」

小町にそこまで言われるということは、もしかしたら俺が思っているよりも、センスがないのだろうか。漠然とした不安に襲われてくる。そんな焦《あせ》っている俺の顔に小町はぐい、と顔を近づける。

「ということで、今回、お兄ちゃんは自分で母の日のプレゼントを買ってくること！　それの方が小町的にポイント高いし、ね」

そう言ってから、にこっとする小町の可愛《かわい》さと、誰かのプレゼントを自分一人で買うというおっくうさが混じり、妙な気分になった。

そんなこと知ったことかと、カマクラは呑気《のんき》な顔でこっちを見ていた。


「うーん……よく分からないな」

そう独りごちながら、オシャレなセレクトショップ的な店にいた。

次の日俺は学校帰りに『ららぽーとＴＯＫＹＯ－ＢＡＹ』で店を散策していた。小町に言われてこうやってショッピングモールに来たものの、何を買えばいいのか全く分からない。

グーグル先生で母の日のプレゼントを調べる。花やらオシャレ小物やらが出てくるものの、どれを選べばいいか分からない。

というかこうやってベーシックな物を贈ることの方が、センスなしと言われるのではないか。そう思うと迷路に入ってしまい、どこがゴールなのか全く分からなくなってくる。

どうしたものか。

「何かお探しでしょうか？」

そう言われて俺は身体《からだ》をびくつかせる。店員さんが俺に話しかけてきたのだ。

「あ、えっと、大丈夫です」

俺はコミュ障を全面に出しながら後ずさりで店を出る。

俺は軽く深呼吸をする。いやあ、それにしてもなんであんなに店員というのは馴《な》れ馴れしく話しかけてくるのだろうか。話しかけて欲しくないやつだっているだろう。もしくはそういうステッカー的なものはないのだろうか。車に貼ってあるような『赤ちゃんが乗っています』みたいに『コミュ障がウインドーショッピングしています』的なもの。……いや、逆にそのステッカーを貼られているこっち側が辱《はずかし》めを受けていることになるな。

とにかく話しかけないで欲しい。それが真実だ。

「おい、あんた」

不意に声をかけられて、もしかしたら店員さんが追いかけてきたのか？　と振り向くと、そこには背の高い、青みがかった髪をポニーテールにしている女性が立っていた。

「こんなところで何をしてんのよ？」

その荒々しい口調、どこかで聞いたことあるんだが……えっと、誰だったたっけ。えーと、確か川、川、川……。

「聞いてんの!?」

「え？　ああ、聞いてるよ。何しに来たかだっけ。俺はちょっと野暮用で」

なんかこの年齢で母の日のプレゼントを買いに来たってのも、少し恥ずかしいような気がしたので目的は隠した。

「そういうお前は？」

「あー、うちの妹、けーちゃんの……」

「けーちゃん？」

「覚えてるでしょ。あんたにもチョコレートあげた」

チョコレートをもらう？　俺がチョコレートをもらうことなんて滅多にないレアイベントだから忘れるわけがない。えっと、けーちゃんけーちゃん……。

「あ！　あのけーちゃん！」

思い出した。バレンタインイベントで俺にチョコをくれた小さい女の子。あの子が妹、ということはこの子は……あ、川崎《かわさき》だ。川崎沙希《さき》。あのいけ好かない弟がいるでおなじみの川崎だ。

「で、そのけーちゃんがどうしたんだよ」

「そう。けーちゃんがそろそろ誕生日だからさ、何かプレゼントを買ってやろうと思ってここに来たんだ」

「へえ。お前もなのか」

そう言ったあとに、しまったと思った。川崎《かわさき》は俺の顔を覗《のぞ》き込む。

「あんたも誕生日プレゼントを買いにきたの」

「いや、俺はプレゼントを買うというか、まあ誕生日プレゼントではないんだけど」

「うん？　どういうこと？」

俺が言っていることが分からないのか川崎は首を傾《かし》げる。まあそうだよな。そう思うよな。

とりあえず話を変えないと。

「まあ俺の話はいい。で、けーちゃんにはプレゼント何か買ってあげたのか」

「それがまだどれがいいか悩んでてさ。……そうだ！　どうせあんた時間あるだろ。けーちゃんのプレゼントを一緒に選んでよ」

「何でだよ！」

俺はツッコミのように否定する。しかし川崎の表情は諦めていない。

「いいでしょ少しくらい付き合ってくれても」

「いや、川崎。お前の考え方はよく分かる。だがな、プレゼントというのは何をくれたかなんてどうでもよくて、このプレゼントを私のために選んでくれた、という事実が嬉しいんじゃないか。それならプレゼントを川崎が選んで買ってあげた方がいいんじゃないか？」

俺は小町《こまち》システムに乗っ取り、なんとか場を乗り切ろうとする。しかし川崎の俺を見る目は冷たいものだった。

「何言ってるの？　もらった人が嬉しいものが良いに決まってるでしょ」

ですよね。俺もそう思っていたんですけどね。何か同じテーマで二回論破されるのってあまり出来ない経験だよね。

「それに、けーちゃんはなぜか、なぜかあんたのことを気に入ってるんだよ。だからあんたと一緒に選んだということもプラスアルファで喜びになるかもしれない」

なぜかを二回言っていることにひっかかりを覚えるが、まあそんなことは今どうでもいい。俺は自分の買い物をしに来たわけで、そんな川崎の妹のための買い物に付き合う時間などないのだ。しかしそれをそのまま伝えてしまうと母の日のプレゼントを買いに来たことがバレてしまう。……早めに終わらせて、早々に別れよう。

「とりあえずついてきてくれたらいいから」

「分かったよ。そんなに頼られるなら仕方ない」

俺がそう言うと、川崎は露骨に嫌悪感をあらわにした。

「は!?　あんたに頼った覚えないから。けーちゃんに最高のプレゼントを贈るための一つの調味料でしかないから」

「そんなことをよく本人を目の前にして言えるな」

「泣く泣くあんたにお願いしているんだからね。全部けーちゃんのためだから」

それを言われて川崎《かわさき》の妹への愛を鑑《かんが》みることができる。本当にこいつは妹も、あとあの小町《こまち》を狙《ねら》っているいけ好かない弟も好きだよな。

「分かったよ。本当にシスコンなんだなお前は」

「そういうのじゃないから。けーちゃんは、もうあれは……天使みたいなもんだから」

「そういうのがシスコンって言うんだよ。そもそも確かにお前の妹はかわいい。それは認める。だがそれは幼さのアドバンテージがある」

見ると川崎は怪訝《けげん》そうな顔をしている。俺は何も言わず、目の前にあった休憩用のベンチに腰かける。

「本当のかわいさというのは、そのあたりのアドバンテージをなくした時に真価を問われる。大人、最低でも中学生になってもかわいいと思えるかだ」

「けーちゃんは当然中学生になってもかわいいに決まっているだろ」

雪ノ下《ゆきのした》ならここで『中学生をそういう目で見てるの。本当にキモいんで近づかないで』などと言ってのけるだろうが、やはりここは重度のシスコンの川崎だ。完全に『けーちゃんはかわいい』というところにしか目がいってない。

「川崎。それはあくまで仮説でしかない。当然そうであろう。が、事実ではない」

「そりゃそうだけどさ、でも確実に」

「世の中に確実なんてない。あるとしたら」

俺はポケットからスマホを取り出し、一枚の写真を画面に出して川崎に見せる。

「今こうして、現に大人になってもかわいい小町という天使がいるということくらいだ」

スマホの画面には家のソファでくつろいでいるパジャマ姿の小町が写っていた。

「……これ、あんたの妹じゃん」

「ああ、そうだ。妹と書いて天使と読む。逆に言うなら天使と書いて小町と読む」

「何が逆になってるのか分からねえよ」

大きくため息を吐《つ》く川崎。そうだろうそうだろう。お前もこの小町のかわいさの前にはひれ伏すしかないだろう。あの水戸黄門《みとこうもん》が取り出した印籠《いんろう》の中にも小町の写真が入っていたから悪者たちがひれ伏していたらしいしな。決して『何考えてるんだこのシスコン野郎』という意味のため息ではないだろう。

「……まあ、確かに小町、だったっけ？　その娘はかわいいと思うよ」

スマホをイジりながら、川崎が言う。

「そうだろうそうだろう」

「だけどな、あんたはあくまで天使までしか知らない」

「……どういうことだ？」

「つまり天使を束ねる役割、大天使の存在を知らないんだ。かわいそうに！」

「何を言ってるんだ川崎《かわさき》。大天使なんて——」

俺の言葉を遮《さえぎ》りながら、川崎は持っていたスマホの画面を俺に見せる。そこにはお遊戯会であろうか、妖精《ようせい》のような恰好をしていて笑っているけーちゃんがいた。

「どうだ。このかわいさの前に、つまり大天使の前にお前はまともに立っていることが出来るか。いや、出来ないだろう。それが大天使けーちゃんエルのなされる業なんだから！」

天使だからラファエル、ミカエルみたいにエルをつけたのだろうが、けーちゃんエルはなんか違うと思う。だがそんな細かい指摘をすることが出来ないくらいの、川崎からの圧がそこにはあった。

「これでどちらが格の高い天使かということが分かったな」

満足そうな顔をして川崎がスマホをカバンにしまおうとしたその時。

「格の高い天使……ね。それなら川崎、お前は知っているか？」

「何よ？」

「大天使が間違えた方向に天使たちを誘導していないか、あえて自分の姿を天使に変えて大天使を監視している極天使という存在がいることを」

「極……天使？」

はっとした顔の川崎。俺は立ち上がり、スマホの画面を突きつける。

「そう！　これが極天使である小町《こまち》エルの姿だ！」

そこには正月に晴れ着を着せてもらった時の小町の姿があった。

「これこそが正義！　このかわいさに世の中の罪と罰は全て浄化されるのだ！」

俺はドヤ顔をする。ふふふ。これで世界妹大戦は幕を閉じた。スマホをポケットにしまい、ベンチに置いていたカバンを取りに行こうとしたその瞬間、肩にぽん、と手を置かれたと思ったら、すごい力で引かれ、踵《きびす》を返す。

「極天使の上には主天使というのがいて……」


「……すみません、もう閉店時間になります」

そう言われて俺と川崎は我《われ》に返る。腕時計を見るともう二十時を回っていた。確かこのショッピングモールに来たのが十八時くらいで、そこからすぐに川崎に会ったから……二時間近くお互い妹のかわいいところを言い合っていたのか？

「……俺もお前も相当語ったな」

「そうね。プレゼントを買うことも忘れていた」

川崎は少し申し訳なさそうにしていた。しかしそれは俺も同じだ。妹への愛ゆえにお互い一歩も引けない状態になってしまったのだ。そういう意味では敵でもあるが味方でもある。今しっかりと握手をしたいくらいの妙な友情がそこにはあった。

「せっかくだから、他の日に買い物手伝うぞ」

「いや、それはさすがに悪い」

「いいよ、俺も乗りかかった舟だ」

そう言うが、それでも川崎《かわさき》はいやいや、という素振りを見せている。うーん、言うのは少し恥ずかしいけど、妹を通して友情が芽生えたことを考えると本当のことを言ってもいいか。

「あとさ、ちょっと隠していたけど、本当は今日、母の日に贈るプレゼントを買いに来たんだよ。でも何がいいか分からなくてさ。だから、妹のプレゼントを見るついでに、こっちのプレゼントも一緒に見て欲しいんだ。それならウインウインな感じだろ？」

「そうなの？　じゃあそうしよう」

ようやく川崎も納得してくれた。俺と川崎は話し合って、今週末にこのモールでリベンジすることになった。

「それにしても母の日のプレゼントを買いに来たなら先に言えばいいでしょ」

「いや、なんか恥ずかしいだろそういうのって」

「家族にプレゼントを贈ることが恥ずかしいわけないでしょ」

当たり前のように言った川崎の言葉が、すっと心に入って、妙にそわそわする気持ちになってしまった。

◆　◆　◆

週末、俺は待ち合わせ場所の『ららぽーとＴＯＫＹＯ－ＢＡＹ』の北館中央広場にいた。時間は十一時五十分。待ち合わせの時間より少し早く着いた。モール内はたくさんの人がいて、とても賑《にぎ》わっていた。

「ママー、あの人目付きがすごいよ」

「そんなこと言わないの」

「恨みがすごい人の目付きだよ」

「確かにそうだけど言わないの」

俺の後ろの方から聞こえた会話が、どうか俺のことを言っているわけではありませんように。ダメだ、泣きそう。

なんて思いながらスマホを見ると、一件の通知。見ると川崎からのメールだった。

『どこにいる?』

俺はきょろきょろと周りを見渡すと、同じようにきょろきょろとしているポニーテールを見つける。

『見つけた。そこに行くから待っててくれ』

俺は返信して川崎《かわさき》の方に向かう。川崎も途中で俺を見つけて、軽く手を挙げた。

川崎の恰好は、グレーのパーカにジーンズというシンプルないで立ちだった。しかし変に似合っているように感じるのは、川崎という人間を知っているからだろうか。

「なによジロジロ見て」

「いや、なんかその恰好似合ってるなと思って」

「はあ？　何言ってんのあんた」

そう言ってこちらを睨《にら》む川崎。だが、少し照れているのかいつもより睨みにキレがないようにも感じた。

「そんなことといいから……行くよ」

「そうだな。どっちのプレゼントから探すかだな」

「あー、それならあんたの方からでいいよ」

「そうか。じゃあそうさせてもらうわ」

そう言って俺と川崎はモールの地図を見る。

「こう見るとやっぱりここ大きいんだな」

少し驚きながら言う川崎。

「当たり前だ。それにここは歴史もある。なにせ日本で一番初めにできたらぽーとと言われているんだからな」

俺はこれみよがしに知っている知識をひけらかす。

「へー。すげえじゃん」

川崎は素直に感心しているようでうんちくを言った俺も鼻が高い。

「まあ、こんだけあったらどこに行くというより、ぶらっと歩いて気になった店に入る方がいいかもね」

「言う通りだ。じゃあぶらっとしてみるか」

そう言って俺と川崎は歩き出した。


散策しだして三十分くらい経ったところで、俺は少し立ち止まる。

「どうした？」

「いや、少し休憩」

やはり日本有数のショッピングモールであるというのもあり、とにかく広く、一軒一軒細かくチェックするのも一苦労なのだ。

「川崎も疲れてないか？　顔色良くないけど」

「ん？　まあ……あたしは大丈夫」

そうは言うものの、少し憂いのある表情を見せている川崎。もしかしたら体調が良くないけど、こないだの一件（世界妹大戦）を気にかけて無理して来ているのかもしれない。かといっ

て
「体調悪いなら無理するなよ」

とか言おうものなら「はあ？　悪くないし。むしろ良い方だし。あんたにあたしの何が分かるっていうの？　じゃあ体調悪いかどうか今確かめてみる？」みたいな戦闘態勢になられても困る。……俺の思う川崎《かわさき》のイメージは一体どうなっているのかはともかく。

そう考えると、早めにプレゼントを決めるのが得策か。

「よし、じゃあ行こう」

「うん」

俺と川崎はまた歩き出す。すると少し歩いたところに『リーフ』と看板に書かれたお店がある。

「あー、これいいんじゃない？」

そこは紅茶の茶葉を売っているお店だった。

「あんたのお母さんは紅茶飲む？」

「あー、飲んでいたように思うし、飲んでなかったようにも思う」

「どっちよ。まあでも母の日っぽいプレゼントでいいかもだけど」

なるほど。自分では絶対に思いつかないプレゼントだ。俺は店員さんに予算を相談して、茶葉を選んでもらう。

選んでもらったのは、マリアージュが、フレールが、クラッシックがどうのと言われていたが、途中から『ははは』『っすね』しか言わないｂｏｔと化してなんとかその場を乗り切って、購入することにする。

「ありがとうございましたー」

店員さんが丁寧《ていねい》に頭を下げてくれるのを横目に店を出る。

「ありがとうな川崎。これは絶対自分一人では買えないものだ」

「お母さん、喜んでくれたらいいけど」

「よし、じゃあ次、川崎の妹のプレゼント探すか」

「……うん」

川崎はやはり元気がない。ここまではっきりといつものトーンと異なると、もう言わざるを得ないだろう。

「……体調悪いならやめとくか」

「え？　何が？」

不意の質問に、川崎は少しうろたえた。

「いや、今日ずっと元気ない感じだし、それなら別日でもいいかなと思って。まあ俺はプレゼント買いに行くのを手伝ってもらったから、当然次回もついていくからそこは安心してくれ。俺だけ選ばれ逃げみたいなことはしない」

「……大丈夫なんだよ、体調は」

「体調は？」

「……どこか、お店に入る」

そう言うと川崎《かわさき》は一人で歩き出した。

「おい、待てよ」

俺はわけの分からぬまま川崎の背中を追いかけた。


俺と川崎は少し歩いて、南館にあるカフェに入る。混んでいたが、偶然二人席が空いていたので待つことなく席につくことが出来た。

「お待たせしました。コーヒーとレモンティーになります」

俺はコーヒーに砂糖をいれまくる。どれくらい入れたらＭＡＸコーヒー並みの甘さになるだろうか。見ると川崎はレモンティーを静かに口にした。さっきのプレゼントといい、川崎は紅茶が好きなのかもしれない。

「で……元気がない理由は何なんだよ」

俺の質問に少し目線を落とす川崎。

「けーちゃんがいる保育園に、金魚がいたんだよ」

「金魚な。分かる分かる。飼っているよな、保育園って金魚とか」

「けーちゃん、その金魚すごくかわいがっていてさ」

「まあ、かわいがるよな」

「とても優しい娘《こ》だから、かわいがるんだよね」

川崎は少し嬉しそうな表情になったが、すぐにまた悲しそうな顔に変わる。

「だから……いなくなった時つらいんだよ」

川崎のそのセリフを聞いて、いろいろ察する。なるほど。そういうことか。

「その金魚が死んでしまったのか」

「……うん、そうなんだよ」

聞くと、その出来事は昨日のことらしい。保育園から帰ってきたけーちゃんは落ち込んでいて、ご飯もろくに食べなかったらしい。そして寝る時に川崎に
「みんな死んで、いなくなるの？」

と泣きながら聞いてきたらしい。

「あたしはそのことをうまく伝えることが出来ずに……。今もけーちゃんが落ち込んでいると思うと、やりきれない気持ちになって」

「それはまあ誰しもがぶつかる壁だからな」

そのあたりの悩みというのは、生きていれば必ずぶつかる。そしてその悩みにぶつかる子供に、この事象をどうやって伝えるかも、年長者なら必ずぶつかる問題ではあるのだ。

「どう伝えればいいものだろう……」

あまり見たことのない、しおらしい表情の川崎《かわさき》を見て、本当に妹を大事にしていることが伝わってくる。俺も小町《こまち》を同じくらいに大事にしているつもりだ。妹を大事にしているもの同士、何か出来たらとは思うのだが、どうするべきか。

「そういえば」

俺はふと思い出す。確か小町も似たようなことがあったはずだ。確か学校で飼っていた亀が死んでしまった時に、死というものに向き合い怖がっていた記憶。確かその時は……。

「絵本を買っていたような」

「絵本？」

「ああ、小町も同じようなことがあった時、うちの親が絵本を買ってあげたんだ。それは生命っていうのは輪廻《りんね》的な、また会えるよ、的な内容だったと思うんだが」

「絵本か。確かに子供に分かりやすく書いていたりしてくれそう」

手に顎《あご》を置き、ふうとため息を吐《つ》く川崎は、妙に大人っぽく見えた。

その時、俺は一つのアイディアを思いつく。

「そういう絵本をプレゼントしたらどうだ？」

「プレゼント？」

「誕生日プレゼントだよ。絵本で生命について学べるプレゼント。けーちゃんも喜ぶんじゃね

えの」

川崎《かわさき》は、俺の提案に何度も頷《うなず》く。

「その本のタイトルは？　覚えてる？」

「それが、なんだったかな。だいぶ前の出来事だからあまり思い出せなくて」

「よし、出よう」

言うが先か、川崎はすぐに荷物を持ち外に出ていく。

「ちょ、ちょっと待てよ。というか会計はどうするんだよ」

俺も慌ててコーヒーを飲み干し、会計を済ませて川崎の後を追いかける。

川崎と俺はフロアマップを見て北館の二階にある書店に向かった。ショッピングモールにある書店ということもありだいぶ店舗は大きい。そこで絵本コーナーを探し、向かう。

絵本コーナーは思ったより広いスペースを構えていた。

「ここか。けっこうたくさんあるな」

「あんた、妹の絵本、タイトルとか見て思い出せたりするか」

「どうだろうな。とりあえず片っ端から見ていくか」

二人でそこにある絵本のタイトルを見ていく。俺は内容を見たら思い出すかも、と中身をペラペラとめくりながら確認する。

しかし、あの時小町《こまち》が読んでいたであろう絵本は出てこない。

どれだ。一体どれだ。思い出せ、俺。

「思い出せそうか？」

川崎はなるたけプレッシャーを与えないように、と気を遣ったようなトーンで聞いてくる。

「あー、どうだろうな。ちょっとピンとくる作品がない」

「そうか」

川崎はそれだけ言って、また黙々と絵本を二人でめくっていった。

時間をかけて全ての絵本をチェックしたものの、少なくとも俺が思い描いていた絵本はそこにはなかった。

「すまない川崎」

「いや、この書店に置いてなかっただけの可能性もあるし、あんたが気に病むことはない。これだけ絵本を見ることもあまりないだろうし、案外これはこれで楽しかったよ」

そう言われているのがフォローに聞こえて心が痛くなる。確かに読んだ本の中には『生命』というものがテーマの作品もいくつかあった。それを買えばいいのだろうが、本当にそれでいいのか。

俺は考える。あの時の小町の絵本。たしかあまり絵が上手くなくて、小町が絵について笑っていたような思い出がある。

その時の記憶。リビングで読みながら小町《こまち》が没頭していた。

そうだ。没頭していたのは確か、主人公の名前が……「こまち」という少女だったからだ。

そして自分の名前と一緒の少女が同じ境遇だったのでのめり込んでいた。

そこまで考えると、俺は一種の違和感を覚える。

「そんな偶然あるのか？」

「どうしたんだ」

川崎《かわさき》は考え込んでいる俺をじっと見ている。

「その絵本なんだけど、確か主人公の名前がこまちで、飼っていたペットがなくなる話だったんだ。でもそれってあまりにも小町の境遇に当てはまりすぎていて、そんな都合の良い話があるものかと思って」

やはり俺が勝手に記憶を捏造《ねつぞう》しているのだろうか。

「……もしかして」

川崎がつぶやく。

「もしかしてその絵本、存在していないものなのかもしれない」

「えっ？」

何を言いだしたのか分からなくて、俺は怪訝《けげん》な顔をする。

「何を言ってるんだ川崎。存在していないものをどうやって絵本として俺は記憶していたんだ？」

「いや、そういうことじゃなくて、もしかして書店には存在していないけど、あんたの家には存在していたものかもしれない」

そう言われて俺もピンとくる。

「……なるほど。オリジナルの絵本ということか」

「そう。もしかしたらあんたのお母さんとお父さんが、娘が悲しんでいるのを和らげるために描いたのかも」

そう言われると、小町が読みながら絵が下手《へた》、と言っていたことも納得できる。絵心がある二人ではないだろうから、変な絵だったかもしれない。

「しかし、それが結論だとすると、より申し訳ないな」

「なんで？」

「いや、そりゃそうだろう。せっかく思いついたプレゼントが、結局この世に流通していないものだったんだ。また振り出しに戻ってしまったってことだろう。まあ、絵本で良ければ、けーちゃんに読んで欲しいようなものもたくさんあったけどな」

俺が良いと思った絵本を取り出して川崎に渡そうとすると川崎は手をパーにして、いらないという意思を表示する。

「大丈夫。むしろ大正解を教えてくれたあんたに感謝しているんだ」

「大正解？」

川崎《かわさき》は清々《すがすが》しい表情をしていた。

俺はその表情から、一つの推理をする。

「お前、まさか」

「ああ、そうだ。あたしが絵本を描く」

「何を言ってるんだ川崎」

俺は予想していた答えとはいえ、驚く。

「簡単に描けるものじゃないぞ。それを当たり前みたいに言っているけど」

「それくらい分かってる。でも、自分の手で、けーちゃんに伝えたいんだ。昨日、伝えられなかったから」

少し曇る表情に、後悔をしているのがありありと伝わってくる。昨日の妹への対応の後悔。

自分がちっぽけなものだと思える後悔。

その絵本はプレゼントでもあり贖罪《しょくざい》でもあるのだろう。

「それはエゴだと思うけど、それでいいのか」

俺は厳しめに伝える。川崎が自分の贖罪をしたいだけなら意味がない。

「……私が伝えることに意味があるような気がするから」

川崎は儚《はかな》く、それでいて強い瞳でこちらを見る。

「悔しいけど、あんたの言う通り、エゴかもしれない。でも、それでも私はけーちゃんに私の言葉で伝えたい。それが一番届くと思うから……。あたしはあたしを信じているんだ」

「なるほど。エゴではなく、信頼だということね。了解」

俺は手に取っていた絵本を棚に戻し、書店の出口に向かう。

「ちょっと待ってくれ」

川崎の声で足を止める。

「あたしの言い分に呆《あき》れた……のか？」

振り向くと少し弱気な表情の川崎がこちらを見ている。俺はふっと息を吐く。

「ちげーよ。確か一階にハンズあっただろ。そこで買い物しなきゃだろ。絵本に必要な画用紙やペンとか」

少しきょとんとした顔をしたあとに口角を上げる川崎。

「そうだな」

そう言うと二人で書店を出た。

その後、川崎と俺は買い物を終えて別れた。

時期的にはテストも近いし勉強もあるだろう。そんな中で絵本を作るのはなかなか大変だとは思うが、頑張ってくれということと、母の日のプレゼント選びに付き合ってくれてありがとうという旨を伝えた。

　家に帰ると小町《こまち》がリビングでゴロゴロしていた。

「お兄ちゃんおかえりー。あれ、その手にしているものは、家でちゃんとお兄ちゃんの帰りを待っていた小町へのお土産かなー？」

「残念ながらそうではないな。母の日のプレゼントだ」

「おー、お兄ちゃんがようやく一歩を踏み出しました！　これで自立するまで残り一万九千歩だね」

「まだまだ遠いな、自立までは」

「それで何買ったの？」

　小町は俺のプレゼントに興味津々なのか、持っている紙袋から目を離さない。

「何ってことないよ。紅茶の詰め合わせだ」

「おー、お兄ちゃんらしからぬプレゼント。自分で選んだの？」

「……いや、知り合いと一緒に選んだ」

　それを言うと小町から『自分で選ばなきゃいけないって言ったのに！』と言われるかなと思っていたが、予想に反して小町は目を爛々《らんらん》とさせている。

「え？　誰と行ったの？　雪ノ下《ゆきのした》さん？　それとも由比ヶ浜《ゆいがはま》さん？」

「いや、どちらでもない」

「え？　じゃあ一体誰と行ったの!?」

「お前も会ったことあるだろ。川崎沙希《かわさきさき》とだよ」

「あー、大志《たいし》くんのお姉さん」

大志くん、ですって。聞きたくない名詞が出てきて気分も良くないですよ、お兄さんは。

「あいつはあいつで買い物に付き合ってもらいたかったから、そのへんは利害が一致したんだよ」

「そうなんだ」

そこで俺は絵本のことを思い出す。そうだ、小町にあの絵本のことを聞けば、正解が分かるのではないか。

「小町」

「なに？」

俺は一度深呼吸をしてから尋ねる。

「……学校は楽しいか」

「何言ってるの急に。楽しいに決まってるよ。小町なんだから」

「そうか」

俺は絵本のことをやっぱりギリギリで聞かないことにした。もしかしたら俺と川崎の推理は外れているかもしれない。絵本は手作りではなく、あの書店になかっただけなのかもしれない。

でもそれでもいいじゃないか。結論なんて正解とずれていたっていいんだ。ならば真実はあくまでシュレーディンガーの箱から出さなくていい。

◆　◆　◆

あの買い物の日から二日が経った。

俺が授業を終えて帰ろうとしていると、妙な殺気を感じる。教室の後ろの方を振り向くと、そこには扉に手をかけてこっちに来いと手招きしている川崎《かわさき》がいた。

誰がどう見ても今からシメられるようにしか見えない。なんで川崎ってあんなに雰囲気で勘違いされているのに、行動でまで勘違いされちゃう方法を選ぶんだろう。そう思いながら川崎の方に足を運ぶ。

「なんですか川崎さん」

「こっちだ」

川崎は顎《あご》でくい、と廊下の奥を指したと思うと、そちらの方にすたすたと歩いていく。川崎さん、今うちのクラスがざわざわしているよ。なんでそんなお礼参りみたいな動きしちゃうのよ。

俺は川崎の後をついていき、そのまま校舎を出て、校舎裏に移動する。え。これ本当にシメられちゃうやつ？　大ピンチ？

「川崎、俺は何かしたか。おそらくそれは誤解だ。顔はやめてくれ。せめてボディーだ。いや、ボディーもいやだ」

「何言ってるんだあんた」

「え？　でもシメられるんじゃ」

「意味分からないこと言ってんじゃないぞ。ほら、これ」

川崎は俺に紙の束を渡してきた。それに目をやると、どうやらそれは絵本の内容のプロットだった。

「ちょっと読んで欲しいんだけど」

「いや、それはいいけど……こんなところに呼び出すなよ」

「そ、それは！　……何か恥ずかしいから、こういうの見られるの」

そう言って少しだけ照れてるように見える川崎がかわいく見えると同時に、ただの劇的ヤンキーと見られるのは問題ないのかなあという疑問が頭をかすめるが、まあ本人が気にしてないならいいのだろう。

「とりあえず感想を聞かせてくれ」

「ああ、分かった」

俺はそのプロットを読む。

内容はこうだ。

主人公の京華《けいか》ちゃんが、大事にかわいがっていた金魚のメリーが亡くなってしまった。京華ちゃんはそこで泣いてしまう。そして金魚を土に埋める。毎日メリーのことを考えながらその土を見ていると、そこから芽が出て、樹が育つ。その樹に金魚のメリーの命を感じる京華ちゃん。そして樹がどんどん大きくなっていきながら冬が来る。樹にいろんな飾りをして最後に大きな声で京華ちゃんが叫ぶ。

『メリークリスマス！』

「ど、どうかな」

おずおずと聞いてくる川崎《かわさき》。

「うん、いいんじゃないか」

「本当に?」

プロットは手描きで、何回も消したり描き直したりの跡が見られて、本当に妹の気持ちを汲んで作ろうとしている熱量が伝わってきた。

それに今の川崎の目の下のクマを見る限り、寝ずに考えたのだろう。

「内容もちゃんとけーちゃんに伝わるかな」

「伝わるさ。大丈夫」

「良かった」

安堵《あんど》した表情の川崎は、さきほどまでのヤンキーと間違えられる雰囲気とは全く別の人間のように感じる。青臭い言い方だけど、人が人のためにやることはこんなにも尊いんだなと思ってしまう。

「じゃあ後は絵を描けばおしまいだ」

「そうか。じゃあ頑張ってくれ。きっと妹さんも喜ぶだろう。誕生日に渡すんだよな」

「ああ。だから今から頑張って絵を描いて、家に帰ってそこから誕生日パーティーの準備をして」

「なるほど。やることは多いけど頑張ってく――」

俺はそこまで言って台詞《せりふ》を止める。

「ちょっと待ってくれ。今何って言った？」

「え？　今から絵を描いて、家に帰ってそこから誕生日パーティーの準備をして」

「おい！　まさか妹さんの誕生日って」

「ああ、今日だ」

思ってもない川崎の返答に俺は頭がクラッとした。まさか今日だとは思っていなかった。時計を見るともう十六時四十分。時間がない。

「お前今からこれの絵を全部描くってのか」

「そうだ」

「おそらくどれだけ早く描こうと三時間、いや、四時間はかかるぞ」

「だけど今日が誕生日だから……。今日渡さないと意味がない」

だからといって、そんなに時間がかかることをすることは得策なのか。そもそもあまり寝ていないように見える川崎《かわさき》にはなかなかの負担じゃないか。

それに誕生日会をそんなに遅くから行うというのも、けーちゃんに負担をかけてしまうんじゃないか。

「なんで今日――」

なんで今日じゃなきゃダメなんだ、と言おうとした時にショッピングモールでの川崎を思い出す。

『今もけーちゃんが落ち込んでいると思うと、やりきれない気持ちになって』

そうか。祝いたい気持ちと、それと同時に妹の不安を取り除きたい気持ちがあるのか。そうか。そうだよな。

俺は頭を掻《か》きむしった後、川崎を見る。

「今日このプレゼントを渡したいんだよな」

「ああ」

「……分かった。だがお前一人に任せるわけにはいかない」

俺はスマホで『絵本　分業制』で検索をかけて、その画面を川崎に見せる。

「見てみろ」

「この絵本……イラストがページによって違う？」

「ああ。最近の絵本はこうやって絵を分業でやっているパターンもある。メインになるイメージは川崎に描いてもらうが、俺も真似ながら絵を描いていく。それなら単純に製作時間は半分になるだろう」

「！　それは確かにありがたいけど、そこまでしてもらうのは」

「いいんだよ。家族を想うってことの大切さをしっかり再確認させてもらったんだから、これくらいはやらせてくれよ。それに俺を誰だと思っているんだ」

俺はふふふ、と笑って胸に手を当てる。

「奉仕部の比企谷八幡《ひきがやはちまん》だぜ」

◆　◆　◆

「ありがとうー、またねー」

京華《けいか》が嬉しそうに手を振る中、俺は川崎家を後にした。横には川崎が一緒に歩いている。

「お見送りとかいいぞ、マジで。お前は寝てないんだろうし、家でゆっくり休めよ」

「まあ、少しくらいいいじゃないか」

二人で歩く。夜の道は静かで、足音が妙に耳に入る。

「いい誕生日会だったな」

「そうね。けーちゃんも喜んでくれたし、良かったよ」

誕生日会は、ケーキを見て興奮気味の京華《けいか》と一緒にハッピーバースデーの歌を歌うところから始まった。その後には川崎《かわさき》の豪勢な手料理を頂き、そしてデザートとして食べるケーキ。京華は口の周りにいっぱいクリームをつけ、それを優しい目で見ていた川崎が印象的だった。

「そういや母の日のプレゼント渡したのか?」

「いや、まだだ。今日帰ってから渡す」

「そうか。あたしが選んだってことは言わないでいいから。きっとあんた一人で選んだって方が親は喜ぶ」

「それ、小町《こまち》にも言われたな。そんなもんか。まあ確かに、俺もけーちゃんみたいに喜んでもらえたら嬉しいかもな」

「そう……」

そこからしばしの沈黙のまま、二人が歩く。

「もういいぞこのあたりで。女子の一人歩きも危険だしな」

「……あんたにちゃんとお礼を言いたくて」

川崎は立ち止まって俺に頭を軽く下げる。

「助かった。正直あんなに時間がかかると思わなかったから」

「やめてくれよ。それはこっちの誤算でもある」

あれから二人で急いで絵を描いたものの、キャラデザをどうするかなど相談する時間を考慮していなかったため想定よりもだいぶ時間がかかってしまった。

それでも京華が嬉しそうに読んでくれるのを目の前で見ると、やはり今日渡せてよかったなと思う。京華も本当に喜んでいたに違いない。この世でたった一つの絵本。それを手に入れることが出来たのだから。

最後の見送りの時にも片手で絵本を抱いてくれていたのがその証拠だ。

「なんとか姉としての出来ることをやったんじゃねえの？　偉いと思うよ」

「それなら良かった。大志《たいし》もけーちゃんも大事だから」

川崎が弟のためにバイトをやっていたことを思い出す。こいつ、本当に頑張り屋なんだよな。でも勘違いされる言動、行動ばっかりで評価されにくい。

不器用なやつなんだよ。俺くらい。

「弟も妹も、きっと川崎のこと大事に思っているぞ」

そう言って俺は川崎の頭にぽん、と手を置く。それは小町にやるように自然にした行動だったが、やったあとに後悔する。まずい。きっと「なめんじゃねーぞ」的なことをまくしたてられるはずだ。ミスったー。

そう思って目を瞑《つぶ》るが、何を言われるわけでもなく時が過ぎる。俺はおそるおそる目を開けると、そこには少し俯《うつむ》きがちに顔を赤くしている川崎《かわさき》がいた。

「え、えーっと、川崎さん？」

そう俺が言うと、我《われ》に返ったように俺の手を振り解《ほど》く。

「……帰る！」

そう言い捨てると川崎は、そのまま自分の家の方に走り出す。俺は今の川崎の間が何だったのか分からないまま、その背中を見ていた。


ここからはエピローグだ。

俺はあのあと、家に帰って、母親にプレゼントを渡した。

母親は喜んでくれて、自分で選んだのか？　と聞いてきた。

その時、川崎での家の誕生日会のことを思い出す。

「これ、お姉ちゃん一人で描いたの？」

「ううん、この八幡《はちまん》お兄ちゃんと描いたんだよ」

と川崎が答えたことをだ。

俺は母親に、信頼できる友達に選んでもらった、と伝えた。
すると母親はとても喜んだ。
信頼できる友達と一緒に選んでくれた。それが嬉しい、と。
俺は、分かるような分からないような感情だった。
だけどやっぱりプレゼントをあげて喜んでもらえるのは嬉しいもんだな、そう思った。

そしてそのあと。川崎からメールが来る。
『そういえば大志《たいし》の誕生日も近いから、また絵本を贈ろうと思うんだが』
俺はそのメールを無視することにした。

しかし、その言葉の裏には裏がある。

渡 航

――この部室で見る桜もこれが最後だな。

窓の外を見ながら、けして声には出さず、口の中だけで呟《つぶや》いた。

既に四月も後半に差し掛かり、風薫る季節が近づいてきている。

あれほど絢爛豪華《けんらんごうか》に咲き誇っていた花々は吹雪のように散って、代わりに青々とした若葉が伸びていた。ほんの数輪、枝先に取り残されてはいるものの、もはや葉桜と呼んでいい。

薄桃色の白い花弁は、咲き誇っていた事実と時の移ろいを示すように、中庭の片隅で掃き集められ、どこへも行けずに蟠《わだかま》っている。

まるで、なごり雪だ。

来年はこの光景を見ることが叶《かな》わぬのだと思うと、少々寂しくもあり、知らず知らずのうちに、この部室にいることが俺にとってひどく当たり前のことになっていたのだと気づく。

新たな奉仕部の体制が発足した当初は戸惑いや違和感があったものの、日一日と経つにつれ、だいぶ馴染《なじ》んできた気がする。

総武《そうぶ》高校の制服に身を包んだ我が妹、比企谷《ひきがや》小町《こまち》が鼻歌交じりに机の上を片す姿もだいぶ見慣れてきた感がある。しかし、未《いま》だ見飽きないあたり、うちの妹、可愛《かわい》すぎるのではなかろうか。一生眺めていられるまである。

もっとも、見飽きないという点でいえば、他の部員にしてもそうだ。

楚々《そそ》とした手つきで紅茶を淹れる雪ノ下雪乃《ゆきのしたゆきの》は、その所作に磨きがかかり、優雅さを増しているように思う。

「どうぞ」

微笑を浮かべて、雪ノ下がマグカップを差し出した。以前よりも柔らかな印象を伴ったことで、その微笑《ほほえ》みの破壊力が上がっている。まぁ、たまに以前よりも怖い瞬間もあるので、ある意味逆にプラマイゼロなんですけれども。

「あ、ありがとー！」

紅茶を受け取る由比ヶ浜結衣《ゆいがはまゆい》の声音《こわね》は以前よりもなお元気に、弾けんばかりの明るい笑顔はその輝きを増している。

「……あたしも、ちょっと持ってきたんだけど」

そのくせ、鞄《かばん》の横に置かれた紙袋からこそっと何かを取り出して雪ノ下に渡す仕草には嫋《たお》やかさが滲《にじ》み、少し前なら感じ取れなかったミステリアスさがある。

そして、二人の向かいに座り、頬杖《ほおづえ》ついてスマホを眺めているのは部員でもないのになぜか部室にいる一色《いっしき》いろは。

今までと同じだけれど、少しだけ違う。

日々の変化はあまりに些細《ささい》で、見落として見過ごして見失ってしまいがちだ。すべてを見届けたいと願うのは見果てぬ夢に過ぎないが、それでも、せめて残された限りある時間を見守っていたいと思ってしまう。

……ていうか、いろはす、前とまったくおんなじですねぇ！　一字一句変わらねぇな。もはや逆に安心するまである。ていうか、君なんでいるの？　なんか最近いつもいない？　いや、別にいてくれてもいいんだけど。生徒会とかサッカー部のほうは大丈夫なのかしら……。

心配半分怪訝《けげん》半分の眼差《まなざ》しで見ていると、一色《いっしき》が俺の視線に気づき、ちらとこちらを見返してきた。

俺と目が合うと一色はにこっと微笑《ほほえ》み、小首を傾《かし》げる。瞬間、緩《ゆる》やかに巻かれていた亜麻色《あまいろ》の髪がさらと流れて、彼女の口元にかかった。それをゆっくりと指で払うついでに「なんですか？」と唇だけが動く。

かすかに曲げられた白い喉元、掬《すく》い上げるような上目遣いの眼差し、そして声なき囁《ささや》き。それがまるで内緒話のようで、誰かに隠れていけないことをしているような気分にさせられた。罪悪感とも背徳感ともつかない、ぞわぞわした感覚が背筋を走る。

それを振り払うように、なんでもないとかすかに首を振った。

俺が無言の返事をすると、一色はくすりと笑って、小さく頷《うなず》く。

声には出さないやり取りのせいで、またぞろ、ぞくぞくしたものが背中を伝いそうになって、俺はぶるっと身震《みぶる》いした。

「比企谷《ひきがや》くん」

不意に、雪ノ下《ゆきのした》に名前を呼ばれ、俺はびくんと背筋を伸ばした。

「え、あ、はい」

な、なんでしょうか！　とばかりに、俺の返事はやけにかしこまってしまっていた。

それを見て、雪ノ下ははてと首を傾げていた。その眼差しは怪訝そうに細められていたが、次第に柔らかいものへと変わっていく。「変な人……あ、元から変な人だったわね」とでも言いたげに、ふむと頷くと、なにやら勝手に納得して、雪ノ下はすっと湯呑《の》みを出してくれた。

「紅茶、淹れたけれど」

「あ、ああ……。ありがと」

俺は紅茶を押し頂きつつ、ふぅとひっそりこっそり小さく息を吐く。視界の端では一色がにやぁっと嫌な感じの笑みを浮かべていた。

なぜだ……、何も悪いことをしていないのに、なぜこんなに疲れるんだ……。

とりあえず一息入れるかと、俺は湯呑みに口をつけた。

程よい温度の紅茶はすっと染み渡るように喉を通り、ふくよかな香りが鼻を抜けた。うむ、落ち着く……。

やっぱりこの部室には紅茶の香りが良く似合うなぁ……などと、のほほんとしていると、ふと違う香りが漂っていることに気づいた。すんと鼻を鳴らしてみると、爽《さわ》やかで瑞々《みずみず》しくも甘い香りを感じる。

なんだろ……と、香りの元を探してみると、テーブルの上に行きついた。

そこにあるのは紙皿に載せられたアップルパイらしきものだ。雪ノ下《ゆきのした》が丁寧《ていねい》に切り分けるたび、香ばしい香りが漂ってくる。

「わぁ、これどうしたんですか？　手作りですか？」

小町《こまち》が嬉しそうに手を叩《たた》き、はしゃいでいる。言われてみれば、確かに少々武骨でやや不格好ではある。しかし、それゆえに手作り感が溢《あふ》れていて、温かな印象を受けた。

小町の問いかけに、雪ノ下はふっと微笑《ほほえ》む。

「ええ、そうみたい」

「みたい……？　はて……」

少々不思議な言い回しに小町が首を傾げる。ついでに俺も首を曲げた。すると、少しだけ斜めになった視界の端で、おずおずと小さく手を挙げる者がいる。やがて、その手は頭の上のお団子髪に伸ばされた。

「……あ、あたしが、いちお、作ったんだけど」

恥ずかしそうに言いながら、由比ヶ浜《ゆいがはま》はくしくしとお団子髪を撫《な》でた。その言葉に俺は軽い驚きを伴った声を出し、小町は「ほう……」と興味深げに目を細める。一方、一色《いっしき》は「へー」と、毛ほども興味がないという感じの声で適当極まる返事をした。

「とりあえず、いただきましょうか」

穏やかな笑みを湛《たた》えた雪ノ下が、さっとカトラリーを並べ、いざ実食……。

紅茶をお供に、それぞれがフォークに手を伸ばす。

緊張の面持ちでそれを見守る由比ヶ浜を前に、最初に感想を口にしたのは一色だった。はむはむ食べながら、ほーんと感心したような声を出す。

「結構美味《おい》しいんじゃないですか？」

「ええ、そうね。……本当に、美味しい」

続いて、雪ノ下がうんと頷《うなず》き、じっくりと味わうかのように目を閉じる。単純な味覚以外の部分さえも堪能するかのような深い頷きだった。

一方、同じようにふかーく頷いているやつがいる。

小町は一口食べるごとにふむーと唸《うな》り、皿を持ち上げては矯《た》めつ眇《すが》めつその出来栄えを確認していた。

「はにゃあとした見映《ば》えは一見やや不格好で味のばらつきを感じるものの、それもまた手作りゆえの面白みか……。焼き上げた香ばしさとサクサク感を考慮に入れたとて、それでも少々甘くしすぎなきらいはありますが……」

むぐむぐもぐもぐしながら、何やらぶつぶつと小うるさい講釈を垂れていたが、しっかり完食すると、やがて静かに目を閉じる。

しんと静かになる部室。

無駄に緊張感が高まる中、由比ヶ浜《ゆいがはま》が固唾《かたず》を飲んで、小町《こまち》の言葉の続きを待っている。

静謐《せいひつ》な時間が流れ、物音ひとつしない。

ただ、「なにいってんだこいつ……」という一色《いっしき》の馬鹿にし腐った声音《こわね》だけが響いていた。

その声が終わるや否や、小町がかっと目を見開く。

「甘いもの好きからすれば、むしろこれくらいがちょうどいいっ……！　合格！　合格です！」

「やったー！」

びしっとサムズアップする小町に、由比ヶ浜ががばっと抱き着く。そして、二人してハイタッチ。それを見て、雪ノ下《ゆきのした》が満足げに微笑《ほほえ》んだ。

「由比ヶ浜さん、本当に上手になったわ。以前からは考えられない進歩ね」

「って言っても、まだママと一緒に作ってるんだけどね」

えへへ……と、照れながら由比ヶ浜がお団子髪をくしくしと撫《な》でる。

「だから、だいじょぶ……、だと、思うんだけど……」

言いながら、由比ヶ浜がちらと俺を見る。

そうか、ガハママと作ったのか。だったら、突飛なアレンジや斬新な隠し味は加えられていないだろう。何より、小町と雪ノ下のお墨付きだ。安心して食べられる。

「いただきます……」

俺はフォークを手にして、パイを一口いただいた。

瞬間、ぱりぱりさくさくの香ばしいパイ生地が口の中でほろりと崩れる。その拍子に、じゅわっと瑞々《みずみず》しい桃の香りととろけるような甘みが広がった。

アップルパイだとばかり思っていたが、いざ食べてみると、あにはからんやその正体はピーチパイだった。新鮮な驚きも相まって、つい素直な感想がこぼれ出る。

「……うまい」

「ほんとっ!?」

由比ヶ浜が身を乗り出して、聞き返してくる。その問いに答える代わりに俺はさらにピーチパイを口に運び、むぐむぐと頷《うなず》いて見せた。

ああ、これは確かに。雪ノ下が満足げに頷いて、堪能するわけだ。

単純な味やスイーツとしての出来栄えの話だけをするのであれば、おそらくパティスリーには及ばないだろう。

けれど、これまで彼女が積み重ねてきた努力とここに至るまでのドラマが、このピーチパイを何倍にも何十倍にも美味《おい》しくしている。

かつてはシンプルなクッキーにも苦戦し、レシピをガン無視したり、いらんアレンジやトッピングをしまくっていたのに……。

たぶんこのピーチパイの方がクッキーよりも難易度が高かろう。桃を使ったパイというのはあまり馴染《なじ》みがないが、それだけに作る側だって苦労するはずだ。それを、あのお料理苦手なガハマさんが……。

考えるだに胸はいっぱいになるのに、それと裏腹にピーチパイを食べる手は止まらず、俺はむぐむぐ食べ進める。それを由比《ゆい》ヶ浜《がはま》がじーっと真剣な眼差《まなざ》しで見つめていた。

一皿ぺろりと平らげて、紅茶を飲むと、充足感からか知らずのうちに俺は呟《つぶや》いていた。

「言い方はおかしいが、ほんとにうまい……。いやすごいなマジで……」

「褒《ほ》めすぎだから」

由比ヶ浜は照れ隠しのように、俺の肩をばしばし叩《たた》いてくる。それに押されて俺の上半身はよろめいていたが、不意にその手が止まった。

「でも、よかった……。また作るね」

今度はお団子髪ではなく、そっと自分の胸元に手をやって、由比ヶ浜はぽしょりと言った。口ぶりこそあどけないのに、微笑《ほほえ》みは常よりもずっと大人びていて、甘さと苦さが入り混じり、俺はくらくら眩暈《めまい》がしそうになる。ほのかに香るラム酒の香りに酔ったみたいだ。

アルコールなどとうに飛んでいるとわかっているが、俺は酔い覚まし代わりにと湯呑《の》みに手を伸ばし、紅茶を一服。心を落ち着かせようと目を閉じる。

すると、真っ暗闇にぽしょりと、小さな声が浮かんだ。

「私も作ろうかな……」

紅茶に含まれたカフェインの覚醒作用のおかげか、はたまた、拗《す》ねたような稚《いとけな》い声音《こわね》を聞いたせいか、俺はかっと目を見開いていた。見れば、雪ノ下《ゆきのした》はそっと視線を外して唇を尖《とが》らせ、所在なさげに長い黒髪の毛先を弄《もてあそ》んでいる。

だが、そうしていたのはほんの一瞬で、すぐにぱっと顔を上げると、いつものような余裕ありげな笑みを浮かべた。

「お茶請けは由比ヶ浜さんにお任せすることが多かったものね。今度は私が用意するわ」

「いいよいいよ！　あたし作るよ！　いつもお茶用意してもらってばっかりで悪いし。それに、喜んでもらえると、嬉しいから、……あたしが作りたいな」

えへへと笑いながら由比ヶ浜がお団子髪をくしくしいじると、雪ノ下はさらりと肩にかかった髪を払う。

「いいえ、紅茶は大した手間でもないし、手作りには手作りで応えないと。だったら私も手作りお菓子でお返しするのが筋でしょう？」

「お返しなんて気にしなくていいのに。ていうか、あたしもちゃんとお返ししたいなって思ってたの」

雪ノ下と由比ヶ浜はお互い見つめ合い、ふふっと笑いさざめく。

いやぁ、平和な雰囲気だなぁ。いいよね、女の子同士で手作りお菓子を送りあうってさぁ。とても心温まる光景だなぁ。

……だというのに、なーんでいろはすは、にやぁって嫌な感じの笑《え》みを浮かべて、俺の袖《そで》をくいくい引いてくるんでしょうねぇ。そんなにウキウキで引っ張られて、こしょこしょ耳打ちされても困るんですよねぇ。

「先輩、今の翻訳したほうがいいですか?」

「翻訳などいらん。なめるな、俺は女子語検定三級だぞ」

「なんですかその検定……」

適当ぶっこくと、一色《いっしき》は心底呆《あき》れかえった目で俺を見る。そこへ小町《こまち》がずざざっと割って入ってきた。

「説明しよう!　女子語検定とは女子特有の意味ありげな言葉、つまりは女子語の検定で……えーっとまぁ、英検みたいなものです。女子語検定三級ならだいたい中学三年生レベルの女子語は理解できるみたいな感じです、知らんけど」

小町は最初こそ調子よく適当ぶっこいていたが、そのうち面倒になったのかアホほど雑に投げっぱなす。しかし、一色も最初から真面目に聞く気はゼロだったのか、ノーダメージだ。

「つかえねー……。ていうか、先輩とお米ちゃん、いつもそんなこと話してるんですか?　仲良いですね。キモいけど」

「き、きもっ……、こ、小町はキモくないと思うんですけど……、兄に付き合ってあげてるだけですし……」

　160キロのドストレートな罵倒《ばとう》に小町はショックを受けていた。ははは、まだまだ修行が足りんぞ小町。いろはすのキモいはアレだからな、愛情の裏返しとかツンデレとか照れ隠しとかじゃなく、割りとマジで引いてるときに言うやつだからな。もっとちゃんとショックを受けたほうがいい、俺のように。

　………そっかー、いろはす、俺のことキモいと思ってたのかー。知ってたけど、ちょっと辛いなー。

　兄妹揃《そろ》ってしょぼーんとしていると、一色はさらに追撃してくる。

「いやー先輩と付き合うの、普通にやばいでしょ。だいたい、誰が認定するのソレ……」

「もちろん小町です」

「お米ちゃん基準かー、絶対つかえねー」

「なんですと⁉　小町、すごい！　女子力強い！　女子語使える！　あいきゃんすぴーくじょしご！」

「いや日本語すら怪しいから……。ていうか、先輩の女子語理解って、お米ちゃん基準ってことですよねー？」

　くてりと首を傾《かし》げて聞いてくる一色に俺は頷《うなず》きを返す。

「まあ、そうなるな」

「いえすいえす」

小町《こまち》がバリバリ日本語発音のクソ英語で続くと、一色《いっしき》は腕を組んでふむと考え込み始めた。しばし、何やら思案したのち、ぱっと顔を上げる。

「……先輩の性癖歪んでるの、お米ちゃんのせいでは？」

「いや性癖て……。っつーか、歪んでないからね俺。普通だよ？」

なんだか失礼っぽいことを直球で言われて、俺は即座に否定した。しかし、はす向かいの小町は思い当たる節《ふし》があるのか、ずーんと肩を落としてしょぼくれている。

「ううっ……。それは……、否めないかもです……」

うっそ、俺の性癖、歪んでるの？　マジ？

ていうか、二人が俺の性癖知ってる前提なのが、ちょっと怖いっていうかぞくぞくするっていうか、……少し興奮しますね。うーん、これは性癖が歪んでる。間違いない。

などと我が身を顧《かえり》みている間にも、雪ノ下《ゆきのした》と由比ヶ浜《ゆいがはま》の女子語の応酬は続いていた。

二人は「私が作るわ」「あたしが作るよ」と押し合いへし合いしている。

このままでは収拾がつかないことは明白。

されど、いつまでも無益な言い合いを続けていても仕方がない。それは二人もわかっているようで、ふーっと一息ついて、お互い紅茶を飲むと、仕切りなおした。

「とりあえず……、次はどちらが作ってくるか決めましょうか」

「うん。どうやって決めよっか」

言って、ちらりと二人が俺を見る。

その眼差《まなざ》しが、お前が決めろと言っている。

え、俺が決めるの……？

ちょっと待ってほしい。こんな状況、胃腸はもちろんですけど、頭皮にも半端ない負担かかってんすよ～。最近、頭頂部うっすら広がっているのではって気がしてきてんだぞ俺は。禿げあがりますよマジで。

それでも、ここで適当な誤魔化《ごまか》しを口にするわけにはいかない。

どれだけ俺の頭皮がダメージを受けて頭がザビエろうとも構わない。毛根絶対殺すマンな俺につむじはいらない。

俺はちびりと一口紅茶を飲むと、俺たちに修羅場《しゅらば》はないの精神で、とにかく思いつく限りの言葉を並べ立て、適当ではなく、全身全霊全力全開の誤魔化しを口にした。

「うーん、うまい。うますぎる。風が語り掛けます……。程よく飲み頃に冷まされた紅茶との相性がまた最高だ……。猫舌で甘党の人間にはベストな組み合わせ……。パイと紅茶が手を取り合うこのマリアージュが互いを引き立て調和している……。人と人との関わりもかくありたいものだなぁ……」

「またすっごい誤魔化《ごまか》し方してますね……」

一色《いっしき》は呆《あき》れかえってドン引きの体《てい》で言ったが、俺はそれを無視して、めったやたらに遠い目で感じ入ってる風を装《よそお》いつつ、小町《こまち》をじーっと見ていた。

すると、その遠い目の先、小町がぴこーんとアホ毛を揺らして、即座に反応する。さすが世界の妹！　フォローが早い！　早いよ小町さん！　小町はもぐもぐパイを食べて、紅茶を飲むと、ううぅと泣き崩れた。

「なんちゅうもんを食わせてくれたんや……。なんちゅうもんを……。こんな美味《うま》い紅茶とパイは食べたことがない……。これに比べると、いろは先輩はカスや……」

「は？　え？　あ？　お米ちゃん今なんて？」

京極万太郎《きょうごくまんたろう》ばりに、感動に打ち震《ふる》える声音《こわね》で滂沱《ぼうだ》の涙を流す小町を、一色がじとっと睨《にら》みつける。その眼光の鋭さたるや、今にもお米ちゃんの粒の大きさを揃《そろ》えて炊いてやろうかといわんばかりだった。実際、お米は粒のサイズを揃えて炊くと美味《おい》しいらしいと聞く。美味しんぼはいつだって正しい。俺は詳しいんだ。

小町と一色のじゃれあいに毒気を抜かれたのか、雪ノ下《ゆきのした》と由比ヶ浜《ゆいがはま》がふっと脱力する。

「……では、一緒に作りましょうか」

「うん！　じゃあ、今度うち来る？」

「ええ。いつがいいかしら」

二人は柔らかな微笑《ほほえ》みを浮かべると、椅子《いす》を近づけ、先の予定を話し合い始めた。

うむ、仲良きことは美しきかな。これにて一件落着……と思う吉宗であった。

などと、勝手に終わった気でいたのだが、お一人だけ、どうにも納得いっていないご様子だ。

「……むー。わたしもお菓子作りは得意なんですけど、料理できるんですけど」

一色はぷくーっと頰《ほお》を膨《ふく》らませ、足をパタパタさせて不満をあらわにしている。実際、バレンタインイベントの時には危なげなくチョコづくりをこなしていたし、それなりに自信もあるのだろう。カス扱いはさすがにかわいそうだ。なんぞフォローしないと、と思った矢先、またしても小町がずざざーっと割って入ってきた。

「まぁまぁ、料理は愛情ですから。愛があればラブ・イズ・オーケー！　逆に愛がないとカスですよ、カス。なんなら料理じゃなくて餌《えさ》まである」

「はー、出たよ、精神論。先輩みたいな言い方普通にムカつく……。まぁ、似てるからしょうがないですけど」

「似てないですけどね」

一色がふすっと不満げな息を一つ吐くと、小町もふすっと鼻を鳴らす。二人はほぼ同時にふんっと顔を背け合った。

うーん、小町ちゃんたら頑《かたく》な……。ていうか、いろはすは俺の言い方にいつもムカついてることになりませんかね？　ごめんね？

心中で謝る俺をよそに、一色《いっしき》がはてと首を傾《かし》げる。

「ていうか、お米ちゃん料理できるんですか？」

「小町《こまち》は料理めっちゃうまいぞ。普段から家事やってるし、俺の飯も作ってくれる」

「え、マジで？」

一色がいささか驚いた様子で振り向くと、小町は別段誇るでもなく、しれっとごく当たり前のことだと頷《うなず》いた。

「ええ。まぁ、そうですね。料理というか、兄の餌《えさ》を作るのは結構得意です」

「愛がないんだよなぁ……」

それはもうラブ・イズ・オーバーじゃん……。悲しいけれど、この話は終わりにしよう。はい、やめやめ。泣くな男だろうと自分を叱咤《しった》しつつ、俺は小町と一色から視線を逸《そ》らす。

すると、眼前では雪ノ下《ゆきのした》と由比ヶ浜《ゆいがはま》が細々とした日程調整に入っているところだった。

「私、来月からマンションに戻るから、その時でもいいわね」

「そうなんだ！　じゃあ、毎日行くね！」

「い、いえ、毎日はちょっと……」

ぐいっと前のめりになった由比ヶ浜に、雪ノ下がその分だけずいっと後ろに下がる。しかし、由比ヶ浜はなおもずずずっと前に出た。

「だって心配だし！」

「え、心配？　……え？　な、なにがかしら？」

にっこり微笑《ほほえ》む由比ヶ浜に雪ノ下がたじろいでいる。普段は怜悧《れいり》な輝きを宿す凛《りん》とした眼差《まなざ》しも、今は右へ左へすいすい泳いでいた。

さすがに目が泳ぎすぎでは……と、心配していると、横からグイっと腕を引かれる。

そちらへ体が傾くと、すかさず一色が耳打ちしてきた。

「先輩、今の翻訳したほうがいいですか？」

「いい、いらない。むしろやめて？」

翻訳されたところで、俺の女子語能力では、それが正しいかどうかもわからんのだ。女子語は奥が深すぎる。英語をより深く学ぶために英英辞典とかあるけど、そろそろ女女辞典を作るべきではないだろうか。女子語マジ難しすぎる。

これは一度語学留学のために家に帰って風呂入って寝たほうがいいかもしれない。夕飯食いがてら、マンツーマンで小町に教えてもらおう。そうだ、そうしよう。

さ、帰ろうかな……と、立ち上がりかけたのだが、一色に袖《そで》をくいくいされたままなので、それも叶《かな》わず……。振り払うのも違うよなぁなどと思っていた矢先。

不意に一色がぱっと手を離した。そして、ブレザーのポケットからスマホを取ると、深いため息を吐《つ》く。その表情が妙に暗いのが、気にかかった。

「どした？」

声を掛けても、一色《いっしき》はふるふるっと首を振って、ふっと諦めたような微笑を浮かべるだけだ。

「わたし、そろそろ戻りますね」

「お、おう」

一色がすっと立ち上がる。ていうかマジで何しに来てたのこの子……。と、思っていたら、立ち去り間際に、一色が雪ノ下《ゆきのした》に声を掛けた。

「あ、雪乃《ゆきの》先輩」

「な、なにかしら！」

由比ヶ浜《ゆいがはま》に詰められまくっていた雪ノ下が助かった！　と言わんばかりに超高速で反応する。こんな機敏なゆきのん、初めて見たよ……。

「合同プロムの資料一式いただいていってもいいですか？」

「え、ええ。それは構わないけれど……」

少々戸惑い気味の雪ノ下の言葉はそこで止められていたが、その続きは聞かずともわかる。何に使うのかという無言の問いかけに先回りして一色が答えた。

「今後も合同プロムをやるなら生徒会で巻き取っちゃったほうがいいかなと」

「それはまぁそうだろうな」

そもそもあの合同プロムは建前上は俺たちが有志でやったことになっている。無論、一色をはじめとした生徒会連中の力も借りてはいるが、主催者は俺たち有志と玉縄《たまなわ》ら海浜総合《かいひんそうごう》だ。あくまで単発の企画として実行したつもりだったが、レギュラー化するのであれば、生徒会に移管したほうがなにかとよろしかろう。

「……そうね。では、取り急ぎこちらを」

ふむと考えていた雪ノ下はキャビネットから取り出したファイルを差し出す。

「こまごまとしたものは一両日中に取りまとめるから、それで構わないかしら」

「あ、細かいのは急ぎじゃないんでいつでもいいですよ。とりあえず概要さらえればいいので」

「そう？　けれど、どの道まとめる気でいたし、今は手すきだから、なるはやでやっておくわ」

言うが早いか、雪ノ下は机の上をさっと片付け、書類を広げ始める。背筋はピンと伸びて、シャキッと気合いが入った姿は先ほどまでガン詰めされてあうあうなっていた人間とは思えない。まぁ、どちらの姿も雪ノ下らしくていいんだけど。うん、いい……(限界オタク並みの感想)。

「あたしもなんか手伝うよ」

と、由比ヶ浜も電卓片手にさくさく書類を見分していく。二人が手早く仕事を片付け始める様を小町《こまち》がほわぁっと感動の眼差《まなざ》しで見つめていた。

「おおっ、プロム……。いいですねぇ……。こういうイベントとかお仕事するのって奉仕部っぽいです」

すると、一色がちょっと腰をかがめて、俺の肩口に顔を寄せる。

「先輩のせいでお米ちゃんの奉仕部イメージぶっ壊れてますよ」

「ええ……、俺のせい……」

不意に近づかれた反射で俺は身を仰《の》け反《ぞ》らせながら、それを誤魔化《ごまか》すようにげふげふ咳払《せきばら》いして、小町《こまち》をちろりと見やる。

「小町、本来こういうイベントごとは生徒会の仕事だぞ。俺たちはだいたい下請けとか制作協力で入ってるだけだ」

たとえるならアニメにおける製作と制作の違いだな、と一般人にもわかりやすい例を持ち出して説明してやろうかとも思ったが、それは一色《いっしき》のため息に遮《さえぎ》られた。

「別にイベントだけやってるわけじゃないんですけどね……」

疲れとも呆《あき》れともつかない声音《こわね》でそう言うと、一色は何か思いついたのか、ふむと顎《あご》に手をやり一思案。そして、小町をちらりと見ると、常よりも優しげな微笑《ほほえ》みでもって、いくらかお姉さんらしい雰囲気で言った。

「……興味あるなら、お米ちゃんも生徒会室来ます？　雰囲気くらいは摑《つか》めると思いますけど」

「小町、行かないです。そういうのはいいです」

だというのに、この妹、即答で塩対応。ふるふる首を振って、ついでにないないと手まで振っている。あんなに興味ありげだったのに……。

「なんだこいつ……。お米ちゃんマジ意味わかんない……」

「そういうとこ、たまにすごいヒッキーに似てる……」

苦々しげにそう言う一色だけでなく、さしもの由比ヶ浜《ゆいがはま》もちょっとドン引きしていた。なんなら、俺もちょっと引いた。

「いや、行っていいんだぞ……。生徒会活動、興味あるんだろ？」

「でも、小町、奉仕部もあるので……」

どうしよう……と、小町が俺と一色、そして由比ヶ浜、雪ノ下《ゆきのした》の顔を順繰りにちらりちらりと窺《うかが》った。多少は迷っているらしい。すると、雪ノ下が書き物仕事を止め、ペンをぷにっと頬《ほお》に当てて微笑んだ。

「こちらはやっておくから大丈夫よ。もし、相談が来たら小町さんに連絡するわ」

「そ、そうですか？　じゃ、じゃあちょっとだけ……」

雪ノ下に後押しされて、小町はいそいそ立ち上がる。一色は小町を来い来いと手招き、さっと廊下に押し出すと、俺たちにくるりと振り返った。

「では、お米ちゃん、借りてきますねー☆」

そして、あざとく敬礼、ついでにウインクばちこーん☆して、扉をさーっと閉じる。

けれど、去り際のその一瞬、扉が閉まるその刹那、一色がにやりと笑った気がした。

×　×　×

小町《こまち》と一色《いっしき》が生徒会室へと向かってからしばし。

久しぶりに三人きりになった奉仕部は紅茶とピーチパイの香りに包まれていて、穏やかな時間が流れていた。

ご機嫌そうに電卓をたたく由比ヶ浜《ゆいがはま》の鼻歌に、雪ノ下《ゆきのした》が走らせるペンの音が心地よく、俺が書類をまとめてとんとん叩《たた》いて揃《そろ》えるアンサンブルが響く。

と、そこへぶるぶるっと俺のスマホが震《ふる》える不協和音が入り混じった。

なんぞスマホゲーの通知でも来たかなと、スマホを見れば、そこにあったのは小町からのメッセージだ。ぱっと開くと、そこにはたった一言、短い一文がしたためられている。

『たすけて……』

当たり前だ！（ドン！）

心中の勢いそのままに俺は何も言わずに立ち上がる。それがあまりに急だったせいか、由比ヶ浜と雪ノ下が驚いた顔でドン引きしていた。

「な、なに……」

こわごわおずおず由比ヶ浜に聞かれ、俺は答えもそこそこにさっと出口へ向かう。からりとドアを開いて、半身で振り返った。

「小町がちょっとやばいっぽい。行ってくる」

二人はきょとんとして、二、三度瞬《しばた》いたが、すぐにふっと微笑《ほほえ》む。

「いってらっしゃい」

「いってらっしゃーい！」

温かな見送りの言葉を背に、俺は生徒会室へと急いだ。

間に合え……、間に合え……。

まるで原稿の締め切りデッドラインを四つほどぶっちぎった時のような焦《あせ》り具合で俺は廊下を駆ける。原稿は書けない。

ほどなくして生徒会室につくと、ノックもそこそこに勢いよく扉を開けた。

「小町！」

ばーんと音高く開け放った扉の先、机の上に山と積まれた書類の影に小町がいる。

ひんひん涙目になりながら、何やら書き物仕事らしきものと格闘していた。ヘアピンで前髪をがっつりあげて、おでこには冷却シート、さらにずらりと並んだエナジードリンクがなんとも痛ましい。

「違う……これは小町の思ってた奉仕部と違う……生徒会とも違う……こんなはずでは……」

ぶつぶつ呪詛《じゅそ》のような文句を吐いていたが、扉の音に気づいて、ぱっと顔を上げた。俺と目が合うと、死にかけていた瞳に光が戻り、同時にうるうるっと潤《うる》んだ。

「お、おにいちゃん……」

「なんだ元気そうだな」

「どこが……。どこをどう見たら……。その腐った目、いる？　もういらなくない？」

やけに低い声で吐き捨てるように言われてしまった。

だが、仕事がほんとにやばい時はあんなのものではすまないと俺は身をもって知っている。マジでやばい時は突然大声で叫んだかと思えば後頭部をガンガン壁に打ち付けるし、ガチでやばい時はふて寝し始めるからな。マジのガチでやばい時はもう無だよ、無。二日くらい飯食ってないことに気づかないレベルの無。虚無。

それに比べたら元気元気！　いけるいける！　辛いときは自分より下を見て気分上げてこ？　などと、適当なアドバイスをして帰ろうとした瞬間、俺の背後でがちゃりと扉の鍵《かぎ》が閉まる音がした。

はっと振り返ると、ほの暗い微笑《ほほえ》みを浮かべた一色《いっしき》がいる。

「ふふふ、来ると思いましたよ、先輩……」

「一色……、お前、何を……」

「お米ちゃんを追い込み続ければ、きっと先輩に助けを求めるはずですからね。そうしたら、先輩は必ず来る……。なぜなら先輩はお米ちゃんからのお願いは断れないからです！」

一色は犯人を糾弾《きゅうだん》する探偵のように、俺をびしっと指差し、断言した。

「いや、お前に頼まれても断らんけど」

「そ、そうですか……。へぇ……」

突き出した指のやり場に困ったように、一色は頰《ほお》にかかる髪を弄《もてあそ》び、さっと目を逸《そ》らしてぽしょぽしょ呟《つぶや》いた。さっきの勢いはどこぞへ消え失《う》せ、「そうですか……」と小声で繰り返していた。だが、その動きがぴたっと止まる。

そして、じとっとした湿度の高い眼差《まなざ》しを向けてきた。

「……そうですか？　結構断りません？」

気づいてしまったか。でも、いろはすがありとあらゆる手練手管を駆使するせいで、毎回なんだかんだ文句言いながら手伝ってしまうんですよね。俺が教えたことになっている「頼りにしてくる年下女子は可愛《かわい》い」を普通に実践されると、こちらは手も足も出ない。今や、この教え子は脅迫してくるし、妹質《いもじち》とってくるあたり普通に犯罪まである。

「こんな方法取らんでも言ってくれれば多少は手伝うぞ。あくまで多少だが」

「いえ、なんか……、邪魔するのもあれかなーと。せめて言い訳くらいあげたほうがいいかなと思いまして」

今後も小町《こまち》を妹質にとられてはかなわないので、軽く釘を刺したが、一色は意味ありげにふっと微笑むと頰に手をやって、きゃぴるんと可愛くお澄ましするだけだ。そのお気遣いはありがたいんですけどね……。

まぁ、いい。どの道、俺がやらねば小町が解放されないのだ。

俺はぽんと小町の肩を叩《たた》き、その労をねぎらった。

「小町《こまち》、よく頑張った。少し休憩して俺の仕事ぶりをそこで見ているといい。あとは任せろ」

「うぅ……、おねげぇします……、あとはお任せします……」

殊勝に言うと、小町はふらふらと立ち上がり、俺に席を譲る。だいぶお疲れのご様子……と思ったら、小町はうーんと大きく伸びをして、冷却シートをぺりぺり剝《は》がし、るんるんスキップで一色《いっしき》私物の冷蔵庫へ向かっていた。

「お兄ちゃん、何飲む？　ここいろいろあるよ」

「……なんでもいいよ」

そう、小町が元気ならなんでもいい……。もし仮にこの茶番劇の筋書きを描いたのが小町であったとしても、小町が元気ならそれでいい……。

小町が鼻歌交じりで用意してくれたコーヒーを受け取りつつ、俺は目の前に積み上げられた書類にさっと目を通す。

「で、これ何の仕事？」

「今後の行事予定とイベント予定の精査ですね。こないだのプロムで結構ぐっちゃぐちゃになってるんですよ」

答えながら、俺の隣に一色が座り、先ほど雪ノ下《ゆきのした》から受け取ったプロムの資料を並べた。

「ほーん……」

プロムについてはこっちもだいぶ迷惑をかけてしまったし、その穴埋めを請け負うのはむしろ当然のことなのだが、しかし、それでも少々解《げ》せぬことがある。

「ほかの生徒会メンバーは？」

イレギュラーなイベントだったプロムについてはこちらがやるのが筋だが、本来の行事予定に関しては生徒会側のタスクだ。だが、それを処理すべき連中の姿が見えない。

一色ははぁと深いため息を吐《つ》いて、すっと部屋の隅を指差した。

すると、そこには穏やかな笑《え》みで幸せそうにしている副会長。そして、長めの黒髪を一つにまとめて胸の前に垂らしている美少女がいる。やべぇ、全然気づかなかった。

「こないだのカフェも良かったけど、今度は違うところにしない？　新習志野《しんならしの》にスーパー銭湯見つけてさ、岩盤浴がすごい良さそうなんだよね……」

「もう、牧人《まきと》くんそればっかり。恥ずかしいからやだってばー」

二人は何やら楽しそうな会話をしている。お、なに、サウナ？　サウナの話してんの？　あそこでしょ、新習志野の『湯～ねる』。いいよね、岩盤浴三種類あるし。などと、サウナ談議に混ざりたくてそわそわしていたのだが、一色の不機嫌そうな咳払《せきばら》いで現実に引き戻された。

「一応副会長も書記ちゃんも仕事してはいるんですが、著しく効率が悪くて……」

「なるほどな……」

あまりにきゃっきゃうふふな幸せ空間すぎて、俺は無意識のうちに見ないようにしていたらしい。しかし、そっちもそっちで二人だけの世界に没入していて俺たちのことなどさして気にもしていない。なめんなマジで仕事しろ仕事。まったく仮にもここは神聖なる生徒会室で上長の前だぞ。最近の若者はモラルというものがない、人倫は衰退しました。やめやめ解散！　いや、マジなめんな？　仕事しろ？　と、副会長を睨《にら》みつけていると、ふと違和感に気づいた。

「え？　書記ちゃん？　あれ書記ちゃんか？」

俺の問いに、一色《いっしき》がこくりと頷《うなず》く。

マジかよ……。と、改めて副会長の隣にいる美少女をよくよく見てみた。お下げ髪ではないし、メガネも掛けていないが、言われてみれば確かに似ている。空耳アワーのお時間がやってきていた。どうやら副会長は冴えない彼女を育ててしまったらしいな……。はぇ～、すっごい。

感心する俺をよそに、一色がぼやく。

「別に付き合ってようがなかろうがどうでもいいんですけど、色ボケしていると使い物にならないんですよねぇ……。生徒会室もいづらいし……」

「まぁ、そうだろうな」

「そうなんですよ。ほんと色ボケしてると使えないんですよ」

「そうね。なんで二回言った？」

大事なことだったの？　めちゃめちゃ含みがありそうで、気になるからやめてほしい。

さりとてわざわざ追及すると藪蛇《やぶへび》になりそうなので、俺はざっと書類束を広げて気を紛らわせることにした。

さ、仕事に集中集中！　友人価格でノーギャラは大変ですが、請け負った以上はやるしかないのです。友情は見返りを求めない。まぁ、友人かは怪しいが、少なくとも先輩ではあるし。

まずは年間予定と個々の案件を照らし合わせて、懸念事項をピックアップだ。

ざーっと資料を流し読みしてみるに、生徒会のお仕事はどれもこれも時間はパツパツ、予算はカツカツであるらしいことが読み取れる。無駄なイベントや地雷案件もちらほら見受けられた。この手の厄ネタは一つ崩れると、玉突き的に影響が出るものだ。

「……とりあえず、地雷案件を見つけるか」

「はぁ。……え？　見つけるだけ？　それ意味ありますか？」

「ああ、地雷案件マークしておくだけでも楽になるぞ」

言ったものの、一色も小町《こまち》もはてと首を傾《かし》げるだけだ。ふふふ、二人ともまだまだ社畜経験が足りないな。俺に至っては社畜経験ゼロだが。ゼロのはずなんだよなぁ……。まぁそれはいい。とりあえず二人にざっと説明するとしよう。

「クソ案件ってわかってれば、覚悟が決まったり、あるいは諦めがついたりして、気持ちが楽になるだろ」

「何も解決してないし……」

「ん～……、メンタルも大事だけど……」

一色が呆《あき》れたように肩を落とし、小町は困惑交じりの笑《え》みを浮かべた。いや、実務的には作業リソースを確保するためのトリアージという側面もあるんだぞ。などと適当なことを言おうかとも思ったが、俺が言っても説得力がなさそうだ。いつもかつかつで仕事してるからな……。

しかし、これまで何度もケツカッチンでチョッパヤのやっつけをこなしてきたおかげで、地雷案件への勘が培われたのだ。早速、探しちゃうぞ～。俺、マインスイーパーになります！

と、意気込んで、すぐに一件見つけてしまった。

「来月、球技大会があるな……」

「毎年やってるんですけど、どんな球技やるか考えないとなんですよね」

苦々しい思いで書類を見ていると、一色《いっしき》がひょいっと顔を覗《のぞ》き込ませてくる。不意に近づいた亜麻色《あまいろ》の髪からフローラルな香りがして俺はつい身を仰《の》け反《ぞ》らせてしまった。すると、その分だけ一色が身を乗り出して、プリントの隅を指差した。

「ここに候補書き出したんですけど、どれも諸々調整いるんですよね～。これがめんどくて」

一色はぶつくさ何か文句言っているが、さっきから髪があたるやら肩に手を置かれているやらで、正直、話がさっぱり入ってこない。二の腕を触らないでください！　やめて、制服同士の衣擦《きぬず》れ、ぞわっとするの！　直接触れてない分逆に気になるの！

俺は仰け反った上半身をさらに仰け反らせて小町《こまち》側へと体重を移動させる。ああ、小町の匂いは落ち着くなぁ……。なので、小町がひょいっと覗き込んでこようが手が触れようが何も感じない。小町も小町で、こいつ邪魔だなくらいの感じでぐいと俺を押しのけてくる。

「へぇ〜、こんなんあるんですね」

「入学やクラス替え直後だから。懇親の意味もあるんじゃない？」

はぇ〜と感心した様子の小町に、一色がふふんとちょっと先輩ぶった笑《え》みを向ける。となると、俺はさらに先輩ぶった顔をしなければならない。

「まぁ、仲良くなるとは限らんけどな。なんならこれが最後の参加行事になる可能性もある」

言うと、二人とも何言ってんだこいつみたいな目で俺を見てきた。おかしい、先輩への尊敬の眼差《まなざ》しを期待したのに……。

俺はげふんと咳払《せきばら》いをして、さらに言い募《つの》ることにした。

「まだ人間関係がしっかり構築されてない時期だから、ここでやらかすとその後の学校生活が結構辛くなるんだ。そうなるとひっそり息を殺して、夏休みを待つ羽目になる」

新学期は誰しも心浮き立つフレッシュな時期だが、それ故《ゆえ》、つい目立とうとしてしまう。自己紹介でイキったり、ウケ狙《ねら》いでどんズベったりするものだ。そうやって、フレッシュさにはしゃいでやらかしてしまうと、夏の扉を開けるどころか、夏へのトンネルを掘るレベル。さよならの出口を探すまである。

などと、適当な説明をぶっこくと、二人は緊張の面持ちで頷《うなず》いた。

「確かに……」

「経験者の言葉は重みが違う……」

ふっ、まぁな。小中校とハブられまくった結果、もはやハブ名人。いや、名人に留まらず、七冠独占を目標に、まずはりゅうおうのおしごとを目指したいと思います。などと、誇らしげに振る舞う俺に今度こそ、先輩への眼差《まなざ》しが向けられたが、そこには敬意など欠片《かけら》も存在せず、いっそ哀れみが浮かんでいた。おかしいなぁ……。『人生の先輩』っていい意味だけじゃないんですね！　人生は辛い！　その視線を振り払うように、俺は書類へ顔を向ける。

今現在、候補に挙がっているのはサッカー、バスケ、ソフトボール、バレーボール、卓球、テニス、ラグビーといったところか。おおむねうちの学校にある部活動だ。施設や道具のことを考えればこのあたりの競技になるのは順当だろう。

「……まだ決まってないならテニスだな。テニスやろうテニス。戸塚《とつか》とテニスがしたい。それ以外もしたい」

「公私混同しすぎじゃないですかね……」

「いろはすに言われたくないんだよなぁ……」

君もかなり職権濫用してイベントぶっこんだりしてたよね……と、苦言を呈したつもりだったのだが、一色《いっしき》はネルリに耳でも刈られたのか、さっぱり聞いちゃいない。それどころかなおもぶつくさ言っている。

「でも、いますよね。イベントごとにかこつけて女子と仲良くなろうとする人。それまで全然話したことないし、なんなら話しかけられ待ちしてててちょっとキツいなって思ってるのに、やけに打ち上げだけは誘ってくるみたいな。一回、みんなでご飯食べたくらいで仲良くなったと思ってるんですかね」

「……やめてくれ一色、その言葉は俺に効く」

具体的に経験しているわけではないはずなのに、メンタリティとしては確実にそのタイプなので俺は精神的にごりごり削られていた。

「あの、いろは先輩、その辺で……」

小町《こまち》が困ったように笑いながら、俺の背中をさすってくる。それがあまりに哀れを誘ったのか、一色もいけないいけないと口元を両手の指先で押さえていた。そのポーズのまま、一色はごめんね？　と言うようにくてんとあざと可愛《かわい》く首を曲げる。これには俺も小町もにっこり。おかげで小町の声音《こわね》も優しいものに変わっていた。

「いえ、わかっていただければそれで。兄も自分がクソヘタレなワンチャン狙《ねら》いのゴミカスなことは自覚してるので、今後はあまり追い込まないであげてくださいね」

「ちょっと？　なんでもう一回追い込んじゃったの？　追い追い込みやめてね？　お兄ちゃん、オリーブオイルじゃないのよ？」

小町にぼろくそ言われたあまりの衝撃に、脳内ＢＧＭではサスペンスっぽいピアノが鳴り響き、ついでに追いピアノもワンカット遅れて鳴っていた。

「お兄ちゃん、テニスやりたいなら小町とやろうよ。こないだ大志《たいし》くんに誘われたから、みんなで行こうって言っといたの！」

「……それ、お米ちゃんだけが誘われてるんじゃ」

一色《いっしき》はどこか同情めいた声で言ったが、俺はそれどころではない。

あのドクズ野郎、戸塚《とつか》のいるテニス部に入るだけでは飽き足らず、テニスをだしに俺の妹にちょっかいかけようとはいい度胸だ。クズと天使がテニス部生活を送っているだけでも許せないというのに。指折るぞ。なんなら首折るまである。

「よし、わかった。テニスはなしだな……。そもそもプレイ人数が少なすぎるし、プレイ時間が読めない。コートの問題もあって同時に進められないしな」

「まぁ、そうですね。……ていうか、わかってるなら言わないでください」

一色にじとっとした目で見られてしまった。なかなか悪くない。おかげで調子が出てきたぞ。

「競技はメジャーどころでいいんじゃねぇの。サッカー、バスケ、バレー、卓球あたりの馴染《なじ》みがあるものなら文句もないだろ。むしろ、問題はレギュレーションだな」

「あー……、そこなんですよね……」

一色が面倒くさそうにため息を吐《つ》いた。

一方、小町《こまち》はふむふむ頷《うなず》きながら、れぎゅれーしょんなるほどわからんなどと呟《つぶや》いている。

そして、俺の顔を見て、説明はよと目だけで言った。オケ、マイリルシスタ、任せろ。

「たとえば、現役のサッカー部員が球技大会のサッカーで無双したら、なんか不公平感あるだろ。かといって、変にハンデをつけたらそれはそれで文句が出る。だから、開催側がそのあたりの規則を作る必要があるんだ」

小町はほーんと頷くが、一方で一色は悩ましげにう〜んと唸《うな》っていた。

「ハンデ、付けたら付けたでうるさそうですよね〜、戸部《とべ》先輩とか……」

「レギュレーションについちゃ、部長会に丸投げだな。自分らで作ったルールなら文句言わないだろ。実際、全部が全部、生徒会側で決められるもんでもないし」

如何せんこちら側だけではどうしたってこまごまとした部分までは詰められないのだ。部活動に所属していないクラブユース所属のやつはどうするんだとか細かいこと言い始めたらきりがない。もし、クレームを避けようと思ったら、あとはクラス単位の参加ではなく、自由参加にするのも手だが、それだと希望者の取りまとめが煩雑になる。なにより懇親目的の学校行事ではちょっと難しかろう。

なんてことを話しているうちに、一色がこくりと頷いた。

「葉山《はやま》先輩に相談してみます」

「ああ。っつーか、こっちに仕事振る前に葉山に相談しろよ、まぁ、相談しても『それは君の仕事だろ。俺ができることは限られてるよ』とか言うと思うけど」

「似てなっ！　え、それ葉山先輩の真似ですか？　え、似てなっ！」

俺にしてはかなり葉山に寄せて、いかにもあいつが言いそうなことをチョイスしたのだが、一色《いっしき》の反応はよろしくない。それどころか、なめてんすか？　みたいな半ギレ風味だ。それに気圧《けお》されて、俺の手は自然襟足《えりあし》に伸びてばっさばっさやってしまう。

「ちょーちょーいろはす〜、それはないでしょ〜、っべー」

「あ、そっちは似てますね、超似てる、ウケる」

ふふっとあからさまに嘲笑《ちょうしょう》の入り混じった反応……。

「……そ、そう？　似てないと思うけどな。たぶん君が戸部《とべ》に興味なさすぎて、あいつのこと覚えてないからじゃない？」

「そんなことないよ！　似てたよ！　お兄ちゃん、もっと自信もって！」

見当違いのフォローが小町《こまち》から飛んできた。

苦々しい気分でサムズアップする小町を見ていると、傍《かたわ》らから、疲れたようなため息がこぼれる。見れば、一色が腕組みして唸《うな》っていた。

「なに、どしたの」

「いえ、サッカー部に行くのちょっと面倒だなぁと……」

「ほーん……。なんかあったんか」

普段なら葉山《はやま》の元へすっ飛んでいきそうなものだが……。少し心配になって尋ねると、一色はふっと短いため息を吐《つ》く。

「……新入部員が入ってきて、なんやかんや鬱陶《うっとう》しいんですよ。一年男子も女マネもやたら絡んでくるし。わたし、年下苦手なタイプじゃないですかー？」

「あー、それ、わかります～。年下の子はいろは先輩のこと苦手っぽいですよね」

「逆だっつーの。わたしが年下苦手なんですー」

ウェヒヒと小町があざ笑えば、一色は口元をいーっとさせて、威嚇する。やだもう俺の後輩と妹が修羅場《しゅらば》すぎるんですけど。

二人はしばし睨《にら》み合っていたが、不意に一色が鼻で笑った。

「ていうか、お米ちゃんも下の子からそんな好かれない気がするけど」

「むっ、失礼な！」

憤慨する小町に俺も同意して頷《うなず》く。

そうそう、小町は面倒見がいいからな。川なんとかさんの妹、京華《けいか》の面倒もしっかり見てたし、ちゃんとしたお姉さんの部分もある。と俺がフォローするより先に、小町がふんすっと胸を張ってなんぞ付け足している。

「小町はそこまで他人に興味ないので、結構上っ面でやり過ごせるタイプです！」

「ははっ、こいつやべー。先輩、この子ちょっとやばいですよ」

一色が小町を指差し、訴えてくるが、言われるまでもなくわかってるから大丈夫だよ。小町は結構ドライなところあるから。どうでもいいなら上っ面だけ見せてればいいのに、一色にはちゃんとやばいとこ見せてるんだもん、これもうやばいでしょ。語彙力《ごいりょく》までやばくなるやばさ。

などと一人ほくそ笑《え》んでいるのがバレないように、俺は殊更仕事してるアピールを決め込む。

「球技大会はこんなもんでいいだろ。あとは……」

と、書類を漁《あさ》っていると、とんとんと、生徒会室のドアが控えめにノックされた。「どうぞー」という一色《いっしき》の応えの声を受けて、ドアが静かに開く。

「一色さん、プロムの資料の残り、取りまとめ終わったから」

「それと、差し入れ」

入ってきたのは、クリアファイルを手にした雪ノ下《ゆきのした》と紙袋を提げている由比ヶ浜《ゆいがはま》だった。

「急ぎじゃないのに急《せ》かしちゃったみたいですいません。わざわざありがとうございます！」

一色はてこてこ歩いてドアまで行くと、ぺこりと頭を下げてファイルと紙袋を受け取った。

「いえ、いつかは片付けようと思っていた仕事だったからちょうどよかったわ」

「そうそう、それに小町《こまち》ちゃんのことも気になってたし」

言うと、由比ヶ浜が小町にわーっと手を振る。小町もそれに応えてぶんぶん手を振った。さてはこいつ、自分が助けを求めたことをすっかり忘れているな……。

「お騒がせしてすいません。いろいろ助かりました」

一色はえへへと笑うと、ぺこりと頭を下げ、さりげなくドアノブに触れる。それを察して、雪ノ下と由比ヶ浜は一歩引いた。

「え、ええ。では私はこれで……」

「じゃ、またね！」

去り際、二人がちらとこちらに視線を投げかけたので、俺もおうと頷《うなず》きを返す。それに二人も頷くと、ドアはゆっくり閉められた。

「せっかくですし、差し入れいただきながら続きやりますか」

てこてこ机に戻ってきた一色が差し入れのピーチパイを取り分け始めると、小町もさっと動いてコーヒーを淹れる。

そ、そうか、一息入れるんじゃなくて、仕事の続きをやるのか……。普通はちょっと休憩しましょうかの流れでは……。と、隣を見やるも、一色はふんふん鼻歌交じりに書類束を漁っている。

「次は……、生徒総会ですかね～」

ピーチパイをはむはむしながら一色が資料をめくったその瞬間、またぞろ生徒会室のドアがノックされた。

もぐもぐしたままの一色が、んー！　と、言葉にならない返事をする。

すると、それに応えて、ドアが開き、先ほど帰っていったはずの雪ノ下と由比ヶ浜が顔を覗《のぞ》かせる。

「……あの、よければ、私たちも手伝いましょうか」

控えめに申し出る雪ノ下と、その後ろでうんうんしきりに頷いている由比ヶ浜。

一色《いっしき》は慌ててお茶でパイを流し込むとたっと立ち上がり、二人の元へすっ飛んでいき平身低頭、恐縮しきっていた。

「いえいえいえ！　そんな受験生にこんなことさせるわけにはいかないですよ！」

おかしいなぁ、俺も受験生なんだよなぁ。……え？　今、こんなことって言った？

じとっと疑惑の眼差《まなざ》しを向けると、一色は二人に手を合わせ、拝んでいるところだった。

「むしろ、他のもっとやばい仕事の時にお願いしたいので今日は大丈夫ですマジで。いやほんとやばい時はめっちゃお願いするんで」

その言い方もどうなの……。と、思わなくもないが、押し問答の末、二人も不承不承《ふしょうぶしょう》で頷《うなず》いて、ドアはまた閉じられた。

一色はふいーっと疲れたため息をつくと、額の汗をぐいと拭《ぬぐ》って、元居た席へと戻ってくる。クッションを直し直ししてからちょこんと座った。

すると、今度はノックをされることもなく、いきなりガチャリとドアが開いた。

「何度もごめんなさい」

申し訳なさそうに言いながら顔を出したのは、もちろんこの方たち、毎度おなじみ雪ノ下雪乃《ゆきのしたゆきの》さんと由比ヶ浜結衣《ゆいがはまゆい》さんです。

「小町《こまち》さん、遅くなるようなら、私が鍵《かぎ》を返しておくけれど」

「荷物も持ってきたほうがいい？」

もはや一色は立ち上がることもせず、ぐったりした様子で天井を仰いだ。

「そんなんLINEでいいでしょ……」

疲れ切った声音《こわね》が宙に浮かぶ。そして、じとっと俺を睨《にら》みつけてきた。お前が何とかせぇやと言うことらしい。いえ、そう言われましても……。

しかし、俺もこうパタパタと落ち着かない状態では仕事がしづらい。かといって、こんな雑務で雪ノ下と由比ヶ浜の手を煩《わずら》わせるのも心苦しい。となれば、最速で片付けて戻るのが正解ということになる。

んんっと、俺は二、三度咳払《せきばら》いして、雪ノ下と由比ヶ浜に言葉を投げかけた。

「あの、すぐ終わらせてそっち帰るから……。なぁ？」

「はい！　秒で終わらせます！」

小町が元気よく賛同すると、ドア前にいる二人はふっと口元を綻《ほころ》ばせた。

「そう、では待ってるわ」

「遅かったら迎えに来るね」

穏やかな微笑と、明るい笑《え》み。雪ノ下が名残《なごり》惜しそうにゆっくりと扉を閉める。完全に閉まるその間際まで由比ヶ浜は手を振っていた。

二人が生徒会室を離れると、一色がようやく体を起こす。

「これだから、色ボケは……」

盛大なため息を吐《つ》き、一色《いっしき》はじろっと生徒会室の隅に厳しい視線を向けた。つられてそちらを見やれば、副会長と書記ちゃんの姿がある。君ら、ずっとそこにいたのか……。

二人は今しがたの一部始終を目撃していたらしく、あんぐりと口を開けたその表情は呆《あき》れているようにも戸惑っているようにも見える。やだ、見られてたなんて、なんだかとっても恥ずかしい……。

「わかりましたか、そこの二人。ああいう風に見られてるんですよ」

言葉の矛先《ほこさき》を向けられて、副会長と書記ちゃんがぴくっと背中をはねさせる。

「……な、なんのことかちょっとわからないけど」

「気を付けます……」

副会長は往生際悪くすっとぼけたが、書記ちゃんは存外素直に謝った。俺もなんのことかちょっとわからないけど、気を付けようと思いました。

さ、さぁ！　気を取り直して、お仕事に戻りましょうか！　ね！　副会長と書記ちゃんも反省してるようだし！　これ以上責めないであげて！

と、気合いを入れなおして書類をさくさく検分していたのだが、いろはすはまだちょっとぷりぷりしているご様子……。

「そんな何度も来なくてもよさそうなもんですけどね」

「まぁ、来るなって言われると来たくなるもんだろ。カリギュラ効果ってやつだな」

一色は直截《ちょくさい》に来るなと言っていたわけじゃないが、丁重なお断りは時に強い禁止の意味を持つ。そうした受け取り方をされることもままあろう。

俺が聞きかじりの知識を口にすると、小町《こまち》がぱんと手を打った。

「おお、あの！　そういえば聞いたことがある……」

「知っているのかお米ちゃん」

一色がむむっと反応すると、小町はふむんといやにまじめ腐って答える。

「はい。その絵本を読むとパンケーキが食べたくなるという効果……」

「『ぐりとぐら』じゃねぇか。いや、いい絵本だが……」

なんだよ、ほんとに知ってんのかと思ったじゃねぇか。何を思わせぶりなことを言っとるんじゃこいつは……。呆《あき》れて肩を落とす俺に、小町はむーっと唇を尖《とが》らせている。

「じゃあ、どういう効果なの」

「カリギュラ効果っていうのは、平たく言うと、ダメって言われるほどやりたくなることだな。非常ベルとか押すなって書いてあるけど、ちょっと押したくなるだろ？　映画の宣伝とかで『絶対に、見てはいけない……』的なキャッチコピーつけて、煽《あお》ったりするのもまぁ、それだ」

「ほえ～、なるほど」

小町はふんふん頷《うなず》き、納得しましたーって顔をしている。

だが、一色はそっと腕を組み、一人静かに考え込んでいた。やがて、そっと唇を撫《な》でると、ぽつりと呟《つぶや》く。

「まぁ、確かに……。ダメって言われると、余計にやりたくなったりはしますよね……。人のものほど欲しくなる、みたいな？」

少しおどけた風に言ったその笑顔は可愛《かわい》らしいはずなのに、いやに艶《つや》めいて見えて、俺は背筋が少し寒くなる。

「い、いや、それは少し違うのでは……」

慌てて目を逸《そ》らして、書類仕事に意識を向ける俺の傍《かたわ》ら。

「そうですかねー？」

視界の端で、一色《いっしき》いろはが楽しげに囁《ささや》いた。

×　×　×

忙《せわ》しなく書類作業やら侃々諤々《かんかんがくがく》の年間行事精査やら地雷案件トリアージやらを終わらせた翌日は、その反動からか、実にまったりとしていた。

いつものように紅茶の香りが漂う部室には見慣れた光景が広がっている。

ただ、ここ最近よく見かけていた一色の姿だけがない。まぁ、生徒会室にいづらい原因であったであろう副会長と書記ちゃんも、今は真面目に仕事をしているだろうし、生徒会の仕事も本格化するだろうから、しばらくはこちらに寄り付かないかもしれない。

なんだかんだ、あいつも立派な生徒会長になったものよな……。

などと、縁側のジジイ気分で湯呑《の》みを啜《すす》っていたその時、いきなり奉仕部のドアががらりと開け放たれた。

「おつかれさまでーす」

底抜けに明るいのに、甘やかな声の響き。わざわざそちらに目を向けるまでもなく、一色いろはがやってきたのだとわかる。

一色は自宅かと思うくらいに遠慮なくてこてこやってきて、ぽちぽち定位置になりかけている場所、俺と小町《こまち》の間に置かれた椅子《いす》へ腰かけた。

「今日のお菓子ってなんですか？」

「この部室はカフェではないのだけれど……」

雪ノ下《ゆきのした》は困惑しつつも、しっかりお茶を出し、由比ヶ浜《ゆいがはま》は鞄《かばん》をがさごそやり始める。

「今日は普通に買ってきたやつなんだけど」

「あ、そうなんですね。ちょうどよかった」

その言葉に、俺たちはそろって首を傾《かし》げる。なにがちょうどいいやら……と、視線をやると、一色が手にしていた紙袋を机の上に置く。

「雪乃《ゆきの》先輩と結衣《ゆい》先輩にいつもごちそうになってばっかりなので……」

そう言って、取り出したのは焼き菓子の詰め合わせだ。フィナンシェにマドレーヌ、フロランタンにダックワーズ、可愛《かわい》らしくラッピングされた袋を開くと、バターの香りがふわと立ち上る。

「わたしからの、お返し、です♪」

一色《いっしき》は紙皿を拝借して、そこへ綺麗《きれい》に盛り付けると、机の中央へついいっと押しやる。

瞬間、雪ノ下《ゆきのした》はすっと目を細め、由比ヶ浜《ゆいがはま》は頬《ほお》をひくりと強張《こわば》らせた。にこにこ笑顔の一色とはなかなか対照的だ。

「そう……、ありがとう」

「へぇ……、おいしそう」

二人ともにこやかに言った割りには、声音《こわね》が妙に鋭く、固い。

やだ、なんだか寒気がしてきたわ……。今年は冷夏かなーなどと、うすら寒いすっとぼけをしながら、すすっと窓の外へと視線を逃がした。

音という音が死に絶えたかのような長い沈黙が耳に痛い。

と、そこへやけに間の抜けた声が響いた。

「はぇ～、いろは先輩、ほんとにお菓子作り得意なんですね。実際、そこそこうまくて小町《こまち》ちょっとびっくりです」

「まぁね。……なんか結衣《ゆい》先輩の時より反応薄くない？」

ふふんと胸を反らして自慢げに言った一色だったが、小町の雑なリアクションには少々ご不満らしかった。だが、小町も小町で適当発言の割りに、お菓子に伸ばす手が止まることはない。

う～ん、仲が良くて癒される。

またしても縁側ジジイスタイルで小町と一色を眺めながらお茶を啜《すす》っていると、すっと目の前に紙皿が差し出された。

ちらと横目で見れば、一色がにこりと微笑《ほほえ》み、無言で味の感想を求めている。こうされると、いただかないわけにはいくまい。あ、じゃ、いただきますと控えめな会釈《えしゃく》をして、俺はフィナンシェに手を伸ばした。

はむと一口食べると、バターの香りが口いっぱいに広がり、ついでじゅわりと芳醇《ほうじゅん》な甘さが駆け抜ける。しっとりとした食感は飲み込む時さえ柔らかく、紅茶との相性もいい。

「あっ、うま」

確かに小町が褒《ほ》めるだけのことはある。意識するまでもなく、その感想が転び出た。すると、一色が口元を指先で隠して笑う。

「言ったじゃないですか。料理、得意だって」

「いや、それは知ってる」

前にも一色がお菓子作りしているところは見ているし、なんなら味見もしているのでその腕前のほどはよくわかっているつもりだ。

だから端的にそう答えたのだが、俺の返事はご納得いただけなかったらしく、一色《いっしき》は少し呆《あき》れたように肩を竦《すく》めた。

そして、横から手を伸ばして俺の袖口《そで》をしっかと握ると、そのままぐいと引き寄せる。傾いた俺の耳元で、こしょりと小さく耳打ちした。

「今の、翻訳したほうがいいですか？」

他の誰にも聞こえないほど密《ひそ》やかな悪戯《いたずら》めいた囁《ささや》き声は、ほんの一瞬、耳朶《じだ》を甘噛《が》み、すぐに離れる。あとに残ったのは、罪悪感とも背徳感ともつかないこそばゆさだけ。

それを振り払うように、俺はかすかに首を振った。

「いい、いらん」

どうせどんなに言葉の裏を読んだところで、導き出した言葉にさえ、裏がある。女子語とはそういうものだ。ましてや、相手は一色いろは、当代一流の大小悪魔だ。俺程度が敵う道理がない。

苦笑いしかできない俺を見て、一色だけがくすりと微笑《ほほえ》んでいた。

そう、一色だけが……。

了

Author's Profile

川岸殴魚
Ougyo Kawagishi

作家。著書に、『邪神大沼』シリーズ(ガガガ文庫)、『人生』シリーズ(ガガガ文庫)、『編集長殺し』シリーズ(ガガガ文庫)などがある。

石川博品
Hiroshi Ishikawa

作家。著書に、『耳刈ネルリ』シリーズ、『ヴァンパイア・サマータイム』(ファミ通文庫)、『先生とそのお布団』(ガガガ文庫)、『海辺の病院で彼女と話した幾つかのこと』(ファミ通文庫)などがある。

境田吉孝
Yoshitaka Sakaida

作家。著書に、『夏の終わりとリセット彼女』(ガガガ文庫)、『青春絶対つぶすマンな俺に救いはいらない。』(ガガガ文庫)などがある。

王雀孫
O.Jackson

作家、シナリオライター。ゲーム『それは舞い散る桜のように』、『俺たちに翼はない』など多くの企画・脚本を務める。著書に、『始まらない終末戦争と終わってる私らの青春活劇』(ダッシュエックス文庫)などがある。

さがら総

Sou Sagara

作家。著書に、『変態王子と笑わない猫。』シリーズ（MF文庫J）、『さびしがりやのロリフェラトゥ』（ガガガ文庫）、『教え子に脅迫されるのは犯罪ですか？』シリーズ（MF文庫J）などがある。

渡航

Wataru Watari

作家。著書に『あやかしがたり』シリーズ（ガガガ文庫）、『やはり俺の青春ラブコメはまちがっている。』シリーズ（ガガガ文庫）など。『プロジェクト・クオリディア』では、作品の執筆とアニメ版の脚本も務めている。

天津向

Mukai Tenshin

お笑い芸人、作家。著書に、『芸人ディスティネーション』シリーズ（ガガガ文庫）、『クズと天使の二周目生活』シリーズ（ガガガ文庫）などがある。

あとがき（石川博品《いしかわひろし》）

「『俺ガイル』読者は奉仕部の十二人目の部員なのだ。だからアンソロジーに収録される短編の主人公となるのにふさわしい」と担当さんを煙に巻き、企画を通したはいいが、よく考えてみると奉仕部ってそんなに大所帯だったかな……。

もう一個の案として、「『俺ガイル』を最後まで読めずに死んだ女の子の怨霊《おんりょう》が霊能力者と手を組んで渡《わたり》さんの俺ガイル御殿《ごてん》を襲撃する」というのもあった。渡さんの収集した美術品・高級外車・妙にでかいベッドをファンからアンチと化した怨霊が叩《たた》き壊す！　現実ではありえぬ秩序の転倒や攪乱《こうらん》――それこそが物語の持つ力ではなかろうか。

いま自分の描いた短編のテーマを台無しにしてしまった気がする。

九年というとものすごく長い時間だ。特に若い人は三、四年で人生のステージが変わるからなおさらだろう。これを読んでいるあなたがどれだけの月日を『俺ガイル』とともに過ごしたか、私には知りえないが、『俺ガイル』にはじめて触れたときと同じ場所にはもういないのではないか。私の場合、九年前は毎日やめたいやめたいと思いながら発表するあてのない小説を書いていた。現在はというと、ゲーム楽し～い♡　ご飯おいし～い♡　姪っ子ちゃんがブランコ乗れたよ～♡　という感じで毎日幸せで～す♡

やっぱ年取ると人間ってバカになるんだな。

私の短編があなたのかつていた場所やそこでともに過ごした人たちのことを思い出すきっかけとなればうれしい。

石川博品

あとがき（王《おう》雀孫《じやくそん》）

渡航《わたりわたる》君と初めて会ったのはもう十年前になります。彼がデビュー作『あやかしがたり』を完結させたちょっと後ぐらいだったと思います。そのあと立て続けに顔を合わせる機会が続いたのですが、ある日、彼がいつもの若干ふてぶてしい態度（※彼のデフォです。現在も変わりません）で、一回り以上も年長のぼくに言ってきたのです。

「いま学園ラブコメ書き始めたんですけど、なんか雀孫さんのゲームやってるせいで雀孫さんの文章がすげえ伝染《うつ》るんすよね」

なぜか迷惑そうな表情だったことを今でもはっきり覚えています。そして迷惑そうな表情のまま言いました。

「え、パクっていいすか？」

この若者は大物になるぞと震撼《しんかん》したぼくは、心の師匠と崇めることを条件にその申請を受諾しました。なお「心の」なので特に何か教えた覚えはありません。というわけで俺ガイル読者の皆さま初めましてやっはろー、原作者の心の師匠、王雀孫と申しました。またいつか。

そして、この場をお借りしましてお報せをひとつ。今回の短編の著者表記は便宜上『王雀孫』となっておりますが、実は友人作家諸氏の御協力をいただいております。本アンソロジーシリーズにも参加されている、さがら総《そう》様・境田吉孝《さかいだよしたか》様、そして原作者の渡 航様です。おまえ

ら皆様たち、まじ助かりました。ありがちぇる～☆
最後に私信です。星野編集長。このたびは本当に本当にありがとうございました。

あとがき（川岸殴魚《かわぎしおうぎょ》）

どうも、渡航《わたりわたる》さんと同期デビューでおなじみの、知る人ぞ知るあの川岸殴魚です。

『俺ガイル』の一巻が出たのは二〇一一年の三月。東日本大震災の影響による流通の混乱をものともせず、あっという間に初版を売り切り、勢いそのままに重版、さらに重版……。

瞼《まぶた》を閉じると、当時のことがまるで昨日、もしくは九年前のことのように思い出されます。

その頃のガガガ文庫の生え抜き作家といえば、売れなくても許されているというか、ぶっちゃけ、ほぼ全員売れてなかったので、逆に売れないことで仲間意識というか、連帯感があったものです。「しょうがないよね。電撃文庫じゃないもんね」的なぬるま湯生活。

その幻想を打ち破ったのが、上〇当麻《かみとうま》――ではなく『俺ガイル』という作品でした。

時代にあったコンセプト、戦略、そしてなにより作品のクオリティ。『俺ガイル』のエッジが肩まで浸かっていたぬるま湯の風呂桶を破壊し、人肌のお湯から、寒風吹きすさぶ現実世界へと引き戻したのでした。その時、僕は思ったものです。「ぬるま湯に戻してくれ」と。こっちはずっとぬるま湯に浸かってたから全裸だぞと。

その日から九年、『俺ガイル』がガガガ文庫の看板として、ライトノベルの看板として大きく成長を遂げたのはご存じの通りかと思います。

そして『俺ガイル』を完結させた今、今度は渡さんがなにをぶち壊してくれるのか楽しみで仕方ありません。その日を首を長くして待っております。……全裸で。

あとがき（境田吉孝《さかいだよしたか》）

はじめまして。もしくはお久しぶりです、境田吉孝です。

平塚《ひらつか》先生が好きです、心から。結婚したい。……いえ、あの、ナチュラルにあとがき書いてたら平塚先生へのガチ告白みたいなセンテンスが二行目にして炸裂《さくれつ》してしまって本当に恐縮なんですが、見た目（デザイン）、性格（キャラ）、声（CV）、すべてにおいて大好きなんです、平塚先生のことが。

そもそも、僕のような無名作家が『俺ガイル』のアンソロジーという大役を任されたのは、渡《わたり》先生から頂いた「お前、アンソロ書く？」なる軽いノリのラインが発端でした。

当初は、別キャラをメインにした短編二本を、とのお話だったんですが、どうしても平塚先生への想いを断ち切れずダメ元でお願いした結果、こうして平塚先生のお話を書かせて頂ける運びとなりました。本当に感謝しかありません。

僕と同じ平塚先生ファンの読者の皆様に満足して頂けるものが書けたのか、いまもドキドキしています。あんな素敵な先生の生徒になりたかった。

平塚先生ファンの皆様にもそうでない皆様にも、楽しんで頂ければこれ以上の幸せはございません。ありがとうございました。

あとがき（さがら総《そう》）

十数年前、好きなゲームの二次創作をせっせと読み書きしていた時期がある。

当時はちょっとパソコンに触れた者なら誰もが一度は必ずプレイするゲーム類があり、その二次創作がオリジナル小説よりはるかに読まれる文化があった。

その文化的あだ花《ばな》に、私もどっぷりと浸かっていた。

本編でさして光の当てられなかったキャラクターにも、それぞれの思考があり、それぞれの人生がある。秘められたその部分に、少しでも近づきたかったのだろう、今にして思えば。

ところで『やはり俺の青春ラブコメはまちがっている。』という作品に対して、私は全巻初版を所有している純粋なファンである。

本作のアンソロジーの依頼が来たとき、これは要するに、二次創作と同じだと理解した。

果たして、渡航《わたりわたる》という稀代《きだい》の作家の記す正典以外が求められているのだろうかとも思った。

なればこそ、全力を尽くして読者の皆様に楽しんでもらわねばなるまい。

昔取った杵柄《きねづか》を冷凍庫より引っ張り出し、原作に書かれていることと書かれていないことを同じ鍋に混ぜ合わせて、妄想という名の調味料を振りかけ、かなりの強火で煮込む。

そうしてできあがったのがこれである。

戸塚《とつか》かわいいよ戸塚。ぼくが幸せにしてあげるからね。

あとがき（天津《てんしん》 向《むかい》）

はじめまして。ガガガ文庫でライトノベル『クズと天使の二周目生活《セカンドライフ》』を執筆しています、天津 向です。普段は芸人などもやっています。

俺ガイルはもともと大好きで、楽しく読ませてもらっていましたが今回アンソロジーに参加しませんか？　と言われた時は感無量すぎて二つ返事でＯＫしました。が、よく考えると他の作家は誰なんだ？　と思って面子を聞いてから具合が悪くなってきました。

いやいや、豪華すぎるじゃん、と。

でも後悔先に立たず。毎日朝目覚めてから「やめとけばよかった」と千回思うのですが、話をもらった時にテンション上がって企画書を３本書き、それが全部通ってしまったのでもう退くわけにはいきません。他の二本は『雪ノ下雪乃《ゆきのしたゆきの》』と『平塚静《ひらつかしずか》』を書いていますのでそちらもチェックしてもらえたらと思います。

書いた感想を言わせてください。単純にこのアンソロを書き出して「こんなにキャラって動くの？」と驚きました。今回の川崎沙希《かわさきさき》も想像以上に動いてくれて、ストーリーはすぐ決まりました。こんなに動きやすいキャラを作った渡 航《わたりわたる》先生はモンスターだなあと思った次第でした。

とにかく楽しかったです。最後まで読んで頂きありがとうございました。

天津 向

あとがき（渡航《わたりわたる》）

こんばんは、あとがきです。

……あとがき、多すぎでは？

ここ最近、気づけばあとがきばっかり書いてる気がするんですけども、皆さま、いかがお過ごしでしょうか。私は今日も元気に、東京神田神保町は小学館で、あとがきを書いています。

こんなに短いスパンであとがきをすぱんすぱんいくつも書くのは初めての経験で正直かなり戸惑っております。

ですが、あとがきをたくさん書くというのは、裏を返せばそれだけ小説を書いたということなんですよね。

さらに裏を返して言うならば、あとがきをたくさん書いたことに驚いてしまうのは、それまで小説を書かなすぎだったのではないかと。いや、そんなことはない。書いてた。ほんとだぞ。

で、さらにさらに裏の裏を返せば……いや、これ以上裏を返してもしょうがないですね。終わりにしよう、きりがないから。（欧陽《オーヤン》菲 菲《フィーフィー》感）

語られた言葉に意味があり、語られなかった言葉に意図があり、けれど、そのすべての言葉に裏がある。とどのつまり、たぶんそんな感じのお話がこの物語なのだと思います。それが長編であろうと短編であろうと本編であろうとアンソロジーであろうと。

といった感じで、『しかし、その言葉の裏には裏がある。』でした。ようやく本編も一段落したし、ここらでいっちょラブコメっぽいことやるかなー！　アンソロだしなー！　みたいな軽いノリで楽しく書きました。

これからも時折、彼ら彼女らの青春ラブコメをふと思い出して、その未来に思いを馳《は》せて、あるいは過去に思い至って、そのうちまた思い描いていく気がします。

そんな気持ちになったのも、このアンソロジー企画が楽しかったからですね！

みんなも楽しんでくれたかなー！　まだまだいけますかー！　アリーナー！　二階席ー！　会場のみんなー！　ありがとー！　一番後ろの席までちゃんと見えてるからねー！

みたいな感じで、ある意味、俺ガイルを舞台にしたフェスのような感じのアンソロジー企画で、まさしくお祭りみたいな日々でした。

ベテランルーキー先輩後輩大先輩、同期に戦友、仲間とライバル、エースと四番といぶし銀、師匠に恩師に因縁の宿敵と、とにかくオールスターズがオンパレードで、寝る前に布団《ふとん》の中でする妄想みたいな企画。残念ながらスケジュール等々の関係で今回ご一緒できなかった方々もいらっしゃいますが、それは、ほら、次の機会に、ね？　と、個人的にはまだまだ夢が広がりまくりングな企画でした。

読者の皆様におかれましては、ぜひ、『やはり俺の青春ラブコメはまちがっている。アンソロジー1　雪乃《ゆきの》ｓｉｄｅ』『やはり俺の青春ラブコメはまちがっている。アンソロジー2　オンパレード』『やはり俺の青春ラブコメはまちがっている。アンソロジー3　結衣《ゆい》side』『やはり俺の青春ラブコメはまちがっている。アンソロジー4　オールスターズ』全部揃《そろ》えて、私と一緒に楽しんでいただけると嬉しいです。

以下、謝辞。

石川博品《いしかわひろし》様、王雀孫《おうじやくそん》様、川岸殴魚《かわぎしおうぎょ》様、境田吉孝《さかいだよしたか》様、さがら総《そう》様、天津向《てんしんむかい》様。

きっとこの世界の誰よりも、私が一番皆様に感謝していると思うので、力の限り伝えたいです。本当にありがとうございます。玉稿を拝読する度、感謝していました、皆様と出会えたこれまでの全てに!!　パないくらい最高なんで、とりま五体投地でマジサンキューって感じっす。

うかみ様、U35《うみこ》様、エナミカツミ様、えれっと様、ななせめるち様、ももこ様。

イラストを拝見する度、「ははぁん、さては劇場版だな?　さすがオールスターズ、作画が完璧《かんぺき》すぎる……。エモのエモじゃん……」と、完全に後方彼氏面でベガ立ちしていました。足を向けて寝ることができないので、このまま一生ベガ立ちで仕事までである。この感情が愛だったのかと今ならわかります。本当にありがとうございました。全身全霊で感謝申し上げます。

ぽんかん⑧神。

ゴッドはなんでゴッドなの?　ゴッドだからだよ。そう言うしかないほどに、ゴッドないろはすで、最高でした。世が世なら私は宗教家になって、ゴッドの教えを知らしめる旅に出ていたことでしょう。いつもありがとうございます!　末永くよろしくお願いします!

担当編集星野様。

やりきりました！　二か月連続通算四冊刊行！　さすが！　よっ！　編集長！　ぜひみんなツイッターをフォローしてね！　ほんと小学館には感謝しかないですよぉ！　ありがとうございました！　また次もよろしくお願いします！　なぁに、次こそは余裕ですわ！　ガハハ！

ガガガ編集部の皆様、並びにご協力いただいた各社様。

本企画が成立したのもひとえに皆様のお力添えのおかげでございます。各作家様イラストレーター様へのお声がけ、また編集にご協力いただきまして大変感謝しております。皆様お忙しい中、本企画にお付き合いいただき、誠にありがとうございました。

そして、読者の皆様。

完結してからも、彼ら彼女らの日々が続いているのは皆さまが応援してくださるおかげです。そのご声援にお応えすべく、私も今しばらく頑張る所存です。この先も一緒に俺ガイルの世界を楽しんでいただけましたら幸いです。そんなわけでぜひアニメを！　4月から放送中の『俺ガイル完』を一緒に楽しみましょう！　詳しくは公式HP等でチェックしてください！

本当にありがとうございます。これからもよろしくお願いします！　君がいるから俺ガイル！

次は、『やはり俺の青春ラブコメはまちがっている。』のなにかでお会いしましょう！

三月某日　一人でアンソロお疲れ様会を開き、MAXコーヒーを飲みながら

渡《わたり》航《わたる》

先生とそのお布団

著／石川博品《いしかわひろし》

イラスト／エナミカツミ
定価：本体 593 円＋税

ライトノベル作家・石川布団には「先生」がいた。
彼は先生の見守るなかで小説を書き、挫折をし、そしてまた小説を書き続ける。
売れない作家と「先生」と呼ばれる猫がつむぎ合う、苦悩と歓喜の日々。

GAGAGAGAGAGAGAGAGAGAGAG

編集長殺し

著／川岸殴魚《かわぎしおうぎょ》

イラスト／クロ
定価：本体574円＋税

私、川田桃香。新人ラノベ編集者です。ドSなロリ編集長にいじめられながら、
私たち今日もがんばりますっ！　グチと笑いがとまらない、
ギギギ文庫編集（美少女）たちのお仕事るぽラノベ登場！　一緒にギギギっちゃお♪

クズと天使の二周目生活《セカンドライフ》

著／天津《てんしん》 向《むかい》

イラスト／うかみ

定価：本体 574 円＋税

天使のミスで命を落としたラジオ番組の構成作家・雪枝桃也は、
ダメ天使・エリィエルを丸め込み、10年前に戻してもらう。
しかし、過去改変は想像以上の難易度で……。勝ち組への再起を懸けた人生やり直しコメディ!!

GAGAGA

ガガガ文庫

やはり俺の青春ラブコメはまちがっている。アンソロジー4
オールスターズ

渡 航ほか

発行　2020年4月22日　初版第1刷発行

発行人　立川義剛

編集人　星野博規

編集　星野博規 林田玲奈

発行所　株式会社小学館
〒101-8001 東京都千代田区一ツ橋2-3-1
[編集]03-3230-9343　[販売]03-5281-3556

カバー印刷　株式会社美松堂

印刷・製本　図書印刷株式会社

Printed in Japan　ISBN978-4-09-451846-7

第15回小学館ライトノベル大賞
応募要項!!!!!!!!!!!!!!!!!!!!!!!!!!!

ゲスト審査員はカルロ・ゼン先生!!!

大賞：200万円＆デビュー確約
ガガガ賞：100万円＆デビュー確約
優秀賞：50万円＆デビュー確約
審査員特別賞：50万円＆デビュー確約

第一次審査通過者全員に、評価シート&寸評をお送りします

内容 ビジュアルが付くことを意識した、エンターテインメント小説であること。ファンタジー、ミステリー、恋愛、ＳＦなどジャンルは不問。商業的に未発表作品であること。
（同人誌や営利目的でない個人のWEB上での作品掲載は可。その場合は同人誌名またはサイト名を明記のこと）

選考 ガガガ文庫編集部＋ゲスト審査員 カルロ・ゼン

資格 プロ・アマ・年齢不問

原稿枚数 ワープロ原稿の規定書式【１枚に42字×34行、縦書きで印刷のこと】で、70～150枚。
※手書き原稿での応募は不可。

応募方法 次の3点を番号順に重ね合わせ、右上をクリップ等(※紐は不可)で綴じて送ってください。
① 作品タイトル、原稿枚数、郵便番号、住所、氏名（本名、ペンネーム使用の場合はペンネームも併記）、年齢、略歴、電話番号の順に明記した紙
② 800字以内であらすじ
③ 応募作品（必ずページ順に番号をふること）

応募先 〒101-8001 東京都千代田区一ツ橋 2-3-1
小学館　第四コミック局 ライトノベル大賞係

Webでの応募 GAGAGA WIREの小学館ライトノベル大賞ページから専用の作品投稿フォームにア
要情報を入力の上、ご応募ください。
※データ形式は、テキスト（txt）、ワード（doc、docx）のみとなります。
※Webと郵送で同一作品の応募はしないようにしてください。
※同一回の応募において、改稿版を含め同じ作品は一度しか投稿できません。よく推敲の上、アップロー

締め切り 2020年9月末日（当日消印有効）
※Web投稿は日付変更までにアップロード完了。

発表 2021年3月刊『ガ報』、及びガガガ文庫公式WEBサイトGAGAG

注意 ○応募作品は返却致しません。○選考に関するお問い合わせ
いっさい受け付けません。○受賞作品の出版権及び映像化、コミッ
学館に帰属します。別途、規定の印税をお支払いいたします。○応募さ
に利用することはありません。○事故防止の観点から、追跡サービス等が可
めします。○作品を複数応募する場合は、一作品ごとに別々の封筒に入れてご

ガ
毎
読者ア
5名様に
http://e.s